푸른색
누비처네

박정분 에세이

박정분 에세이

푸른색 누비처네

인쇄 2024년 1월  6일
발행 2024년 1월 11일

지 은 이 | 박정분

펴 낸 곳 | 도서출판 우인북스
등록번호 | 385-2008-00019
등록일자 | 2008. 7. 13
주     소 | 안양시 동안구 시민대로 272, 1305호
전     화 | 031-384-9552
팩     스 | 031-385-9552
E-mail | bb2jj@hanmail.net


ISBN: 979-11-86563-35-9(03810)
값 16,000 원

박정분 에세이

# 푸른색
# 누비처네

지나간 시간에서
그리움이 자라나다

우인북스

군데군데 써 놓았던 글을 모아 첫 번째 에세이집을 엮고 보니 매우 부끄럽습니다. 세상에 내놓기는 아직 부족한 글입니다.

오래전에 어느 멋진 분을 흠모하면서 막연히 글 쓰고 싶다는 생각을 했습니다. 나이 들어 곁에 친구들이 없더라도 글은 떠나지 않는 친구가 되어 줄 것 같았습니다. 그런 마음으로 졸작이 탄생할 때마다 혼자 즐거웠습니다.

부모님을 하늘나라로 보내드리고 많이 외롭고, 쓸쓸할 때도 글은 유일하게 벗이 되어주었습니다.

사람은 추억을 먹고 산다고 하는데 나도 그중에 한 사람입니다. 글을 쓰다가 추억에 잠겨서 한동안 헤어 나오지 못할 때도 있었습니다. 나는 아직도 저 멀리 보이는 고향 언덕배기 어디쯤에서 주춤거리고 서 있습니다.

글을 쓸 수 있게 등불이, 길잡이가 되어주신 고 김대규 시인과 오창익 교수께 감사드립니다. 아울러 화요문학 동인 선후배들께도 감사드립니다. 길잡이와 등불이 되어주신 분들께 누가 되지 않는 글을 쓰도록 노력하겠습니다.

글감을 찾는 전국 투어를 해주고 싶다는 영원한 동반자 남편 김영돈, 응원을 아끼지 않는 아들딸들에게 고맙습니다. 헝클어진 머리카락처럼 얽히고설킨 내 글이 한 권의 예쁜 책으로 출간될 수 있도록 도와준 백영미 편집자님께도 깊이 감사드립니다.

마지막으로 어머니, 아버지 감사합니다.

2024년 1월 **박정분**

I. 배단이

# 배단이

　나는 서산 갯마을, 아담한 토담집에서 태어났다. 서산시 지곡
면 연화리 배단이가 내 고향이다.

　연화리는 한자로 연꽃 연蓮, 꽃 화花 자를 쓴다. 큰 도로를 기
준으로 윗마을, 아랫마을로 나뉘는데, 지애미, 수굴, 중절, 반양
터, 골말, 연애골, 미륵골, 뒤시리, 닷개, 배단이 등의 자연 마을이
있었다. 아랫마을 끝 동네인 배단이는 배가 닿는 곳이라 하여 붙
여진 이름이다. 새우젓을 싣고 다니는 통통배가 자주 드나들었
다. 나는 정 많고 엄마 품처럼 따뜻한 배단이서 태어났다. 동네
맨 끝 집인 1번지가 우리 집이다.

　연화리에서 제일 유명한 연화산은 연애골에 있다. 호랑이가
살았다는 전설에 걸맞게 나무가 울창하다. 고사리와 취나물, 곰
취, 참나물 등 산나물이 많아서, 봄이면 어머니를 따라 그 험하
고 높은 산을 자주 오르내렸다. 채취한 나물은 먹기도 하고, 서
산시장 저잣거리에 내다 팔기도 하였다. 배단이에서 그곳까지 가

려면 어린 내 걸음으로는 한 시간은 족히 걸렸던 것 같다.

배단이에서는 용돈벌이가 쉬웠다. 집 앞에 바다가 있어서 맘만 먹으면 잡을 수 있는 갯것들이 많았다. 나는 엄마를 따라 바다에 가는 걸 좋아했다. 갯지렁이도 잡고, 굴과 바지락도 캐어 팔았다. 갯것을 팔 때는 작은 체구 때문에 가끔 이득을 보기도 했다. 어리고 작은 내가 안쓰러워 보였는지, 항상 내 것부터 팔렸다. 동네 어른들의 부러움을 살 정도였다.

여름방학 때는 밤마다 어머니를 따라 꽃게와 낙지, 고둥을 잡으러 바다로 나갔다. 무릎까지 차오르는 바닷물을 헤치고 들어가면 낙지들이 자유형으로 수영하고, 그 뒤를 따라 꽃게도 춤추듯 기어 다녔다.

8개의 다리를 쫙 벌리고 수영하던 낙지는 호롱불을 비추면 꿈쩍도 하지 않고 죽은 척한다. 자기 보호 방법이다. 그때 낙지다리는 손가락을 쫙 편 것 같은 모양이다. 그 순간에 빨리 잡으면 된다. 나는 어른들의 행동을 유심히 관찰하고 그대로 따라 했다. 잡아 올리는 그 순간의 기분은 설명하기 어렵다. 짜릿하다고 해야 할까. 경험하지 못한 사람은 그 기쁨을 도저히 이해하지 못할 것이다.

낙지만으로도 식구들 한 끼 반찬거리로 충분한데 꽃게까지 덤으로 잡았다. 기분이 얼마나 좋던지, 그 밤에 느꼈던 짜릿한 손맛은 50년 가까운 세월이 흐른 지금도 생생하게 기억난다.

낙지, 굴, 조개, 망둥이, 꽃게, 감태, 파래, 김……, 해산물의 보물창고였던 바다, 포구 앞에 있던 내 고향 배단이. 그렇게 아름답고 신비롭던 바다는 내가 초등학교 6학년이 되던 해에 간척사업에 떠밀려서 흔적 없이 사라져 버렸다. 이제 추억 속의 옛일이다. 그나마 중앙수로는 지금까지 남아있어서 그곳이 바다였다는 걸 말해 주고 있다. 도시 어부들이 그 중앙수로에서 낚시를 즐기는 모습은 가끔 TV를 통해서 본다.

바다를 막아서 만든 논은 논도 아니고, 바다도 아니었다. 벼를 심어도 거두지는 못했다. 벼가 자라다가 중간에 병들거나 말라죽었다. 바닷물의 간기 때문이다. 제대로 된 쌀을 수확하기까지는 10년도 넘는 세월이 걸렸다. 이제는 농사다운 농사를 지을 수 있게 되었다.

유년 시절의 추억을 찾아가느라 서산 버스터미널에서 연화리로 가는 버스를 타 보았다. 중학교에 다닐 때는 버스가 하루 3번 있었는데, 이제는 7번으로 늘어났다. 버스를 이용하는 승객은 허리가 땅에 닿을 만큼 굽은 어르신이 대부분이었다.

버스는 종점인 연화리 방앗간 앞에 섰다. 양배추를 뽑아낸 밭에 거름을 뿌리고 로터리를 치는 어른들이 눈에 띄었다. 머리카락이 파뿌리처럼 하얗다. 어릴 때 보았던, 수줍고 어여쁜 새색시들은 이제 연로하셔서 거의 다 돌아가셨다. 올해 아흔한 살이 되신 내 큰어머니와 친구 어머님이 동네의 제일 큰 어른이다. 허리한 번 제대로 펴지 못하고 밤낮없이 일만 하던 내 부모님도 안타깝게 하늘의 별이 되셨다. 어쩌면 지금도 하늘나라에서 누구네집 농사가 잘 지어졌는지 확인하고 계실지도 모르겠다.

160~170호 정도였던 연화리는 이제 60호 정도만 남았다. 가구수만 줄었을 뿐인데도 크고 넓던 동네가 아주 작은 마을로 변해버린 것 같다.

아기들의 울음소리가 끊어진 지는 더 오래되었다. 원주민보다시골 생활을 체험하려는 외지인이 더 많다.

아버지가 계신 봉분 앞에 돗자리를 펴고 누웠다. 아버지가 '오랜만이네. 참 반갑다. 무슨 바람이 불어서 여길 왔어!' 물으시는 것 같다.

하얀 뭉게구름이 따뜻하고 포근하다. 추운 겨울인데도 오랜만에 고향을 찾은 나를 위로하는 것처럼 바람이 잔잔하다. 유년시절에 토끼를 잡으려고 뛰어다니던 넓은 뒷동산은 다섯 발짝만걸어가면 될 정도로 좁아졌다.

나는 그 추억 속, 코 흘리던 시절 배단이 골목을 걷고 또 걷는다. 배가 닿던 그 배단이가 한없이 그립다.

# 사라진 우물

　내가 살던 집은 안채와 사랑채가 붙어 있는 미음자집이다. 대문을 열고 들어서면 반짝반짝 윤이 나는 마루가 보인다. 부지런한 어머니 덕이다. 마루 끝에는 아버지가 소나무를 깎아서 만든 앉은뱅이책상이 있다. 거기가 오 남매의 공부방인 셈이다. 천방지축 말썽꾸러기들도 책상 앞에서는 조용하다. 솔향이 물씬 풍기는 그 책상 앞에서 나는 학교 공부보다는 시집이나 소설책을 더 즐겨 읽었다. 책을 좋아하시던 아버지 덕분이다. 아버지는, 낫을 들고 있는 노인이 표지 모델인 『새 농민』을 정기구독하셨다. 나도 덩달아 그 책을 읽었다.

　뒷동산에 오르면 은빛 출렁이는 푸른 바다가 한눈에 쫙 펼쳐진다. 그 바다는 태평양보다도 더 넓어서 바라만 봐도 가슴이 뻥 뚫린다. 바다와 산으로 둘러싸인 우리 집, 하늘 아래 제일 아름답고 행복한 집이다.

아버지는 결혼하고 4년 만에 그 집을 장만하셨다. 제금 나려고 몇 군데 집을 보셨는데, 그 집을 선택한 이유가 마당에 있는 우물 때문이었다고 한다. 그때는 우물이 귀했다. 대부분 공동우물이나 시냇물을 길어다 사용했는데, 우리 집은 마당에 우물이 있어서 식수는 물론이고 작은 빨래까지 집에서 할 수 있었다. 큰 빨래만 냇가로 가지고 가서 빨았다.

식수가 가능한 우물이 집에 있는 건 아주 좋은 환경이었고, 우리는 그 우물을 귀하게 대접해 주었다. 귀하디 귀한 우물 때문에 행복한 기억도 많다. 보름달이 뜨면 우물 안에도 달이 뜬다. 추석날이 되면 달님 안에 토끼가 방아를 찧는 모습이 우물에 비친다. 우리는 감탄사를 연발하며 들여다보았다. 너무 신기한 광경이었다.

나는 초등학교 3~4학년 때부터 그 우물틀 위에서 놀았다. 우물틀은 의자나 사다리를 밟고 올라가야 할 정도로 아주 높았다. 또 식수이기 때문에 깨끗하게 보관해야 한다. 그런데도 사촌과 나는 매일 그 우물틀 위에 올라가서 빙빙 돌면서 놀았다. 아버지는, 니들은 원숭이 새끼도 아니면서 위험하게 왜 우물틀에 올라가느냐고 버럭버럭 소리를 지르셨다.

우물틀 위는 늘 나의 놀이터였다. 거기에 올라가면 참 재미있었다. 위에서 아래를 내려다보면 마치 비행기를 탄 것처럼 황홀

했고, 공기도 달고 시원하고 맛있었다. 체구가 작고 가벼워서 우물틀 위를 잘 다닐 수 있었던 것 같다.

간담이 서늘했던 기억도 있다. 어느 겨울날 보름밤에 자리끼가 모자라서 마당으로 물을 뜨러 나갔다. 바람이 세차게 부는 날이었다. 줄이 엉켰는지 아무리 잡고 끌어올려도 두레박이 도무지 올라오지 않았다. 할 수 없이 의자를 밟고 올라섰다가 무심코 우물 안을 들여다보았다. 달빛에 흔들리는 나무그림자가 물에 비치었다. 마치 긴 머리를 풀어헤친 여자 귀신처럼 보였다. 그 순간, 악! 외마디 비명과 함께 두레박줄을 냅다 던지고, 꼬랑지 빠지게 집 안으로 도망치고 말았다. 두레박을 놓치면 우물에 들어가야 건져내는데, 그땐 아무 생각도 나지 않았다. 놀란 토끼마냥 도망치는 내 모습이 얼마나 우스웠는지 가족들의 웃음이 멈추질 않았다.

다음 날 아침에 두레박을 찾기 위해서 그 우물 안으로 들어갔다. 짙은 초록색 이끼를 피해서 삐죽삐죽 튀어나온 돌을 밟아가며 한발 한발 들어가 보니, 깨끗하게 보관된 우물이 거울처럼 반짝반짝하게 내 얼굴을 비춰주었다. 정말 깨끗하고 맑았다. 너무 깨끗해서 놀라웠다. 이렇게 깨끗해서 식수가 가능했구나 하는 생각이 들었다.

그날 이후로 나는 우물틀을 돌면서 놀던 버릇을 고쳤다. 그리고 우물 뚜껑을 덮는 것도 잊지 않았다. 동생들이 나뭇가지나

종이 같은 걸 넣지 못하게 망 보느라 우물 주변을 하이에나처럼 서성거렸다.

우물이 대문 밖에 있는 걸 불편해하시던 아버지는 집안에 펌프를 설치하셨다. 펌프가 생기면서 마당에 있던, 우리 가족의 식수원이던 우물은 흙 속에 강제로 묻혀 버렸다. 내가 중학교에 입학할 무렵이고, 막냇동생이 일곱 살 때였다. 아버지는 형제들이 모두 학교에 간 시간을 틈타 어린 막냇동생과 함께 우물을 묻었다. 그 모습을 지켜봤던 막냇동생이 이제 오십 중반이다. 동생은, 우물 뚜껑을 덮고 흙으로 묻어버린 사건은 지금 생각해도 너무나 큰 충격이라고 말한다. 우물틀 위에 뚜껑만 닫은 채로 흙을 덮었으니, 지금도 마당을 파면 그 우물을 볼 수 있을 거라고 너스레를 떤다. 그 말을 들으니 옛날 생각이 나서 우물이 더 궁금해진다.

며칠 전, TV에서 인천에 있는 열 우물 마을에 대한 방송을 보았다. 열 군데에 우물이 있어서 붙여진 이름, 열 우물. 50년이 넘었지만 지금도 식수가 가능할 정도로 깨끗하다고 했다. 그 내용이 내 마음을 설레게 했다.

아마 우리 집 마당에 있던 그 우물도 인천에 있는 열 우물처럼 깨끗하게 보관되었을 거라고 믿고 싶다. 추억을 더듬으며 마음은 어느새 그 우물틀에 올라가 빙글빙글 돌아다니며 나를 잡아보라고 소리 지르던 때로 돌아가 있다.

# 파란 대문

초가지붕이 어느 날 파란 슬레이트 지붕으로 바뀌면서 자연스럽게 대문도 파란색으로 바뀌었다. 파란 대문은 바다 색깔을 닮았다. 앞마당에서 내려다보는 바다의 일렁이는 물결처럼 너무 너무 예뻤고, 파란 대문을 바라보면 마음이 참 평온해지곤 했다. 그런데 우리 집 대문은 늘 훤히 열려 있었다. 빗장을 열어 놓으면 파란 대문이 전혀 보이지 않는다.

우리 집은 배가 닿는 포구와 가까웠다. 바다에 갯것 잡으러 가는 사람들이 정류장인 양 많이 모여들었다. 가끔 버거울 때도 있었다. 밥때나 간식(참)을 먹을 때는 더욱 그랬다. 보통은 가족 숫자에 맞춰서 음식을 준비한다. 거기에 한두 명이 더해지면 조금씩 나눠 먹으면 그만이다. 그런데 우리 가족보다 더 많은 이들이 찾아오면 난처하지 않을 수 없었다.

먹거리가 귀하던 시절이다. 보릿고개에는 먹거리 때문에 서로 눈치를 봤다. 해서 어머니가 꾀를 내셨는데, 감자나 고구마를 삶기도 하고 가끔은 개떡을 쪄 놓았다. 아침 일찍 쪄놓은 개떡에서는 늘 어머니의 향기가 모락모락 피어올랐다. 먹는 사람들에겐 별것 아니지만 많은 양을 준비하는 어머니는 아침마다 늘 분주했다.

밀가루에다 막걸리를 넣고 질게 반죽한 다음 강낭콩이나 완두콩을 솔솔 뿌려서 찐 개떡은 어느 날부터 간식이 아니라 내 주식이 되었다. 편식이 심한 내가 유일하게 좋아하던 음식이다. 개떡을 좋아하는 나를 촌스럽다고 말하는 지인도 있지만 내게는 산해진미山海珍味와도 비교할 수 없는 맛이다. 어머니가 만들어 주신 그 개떡처럼 맛있는 빵은 지금껏 먹어보지 못했다.

어머니는 사람들이 북적이는 걸 좋아하셨다. 동네 끝자락에 있는 집인데 대문까지 잠그면 손이(손님) 끊어질 거란 이유로 어머니는 늘 빗장을 열어두었다. 빗장을 열어 놓으면 파란 대문이 보이지 않는다. 파란 대문을 보려고 일부러 문을 잠가 보기도 했지만, 아주 잠시뿐이었다.

얼마 전에 안양예술사진가연합회에서 주관하는 사진전에 다녀왔다. 순서에 따라 관람하다가 홍정의 작가의 〈대문 앞에서〉란 작품 앞에 멈춰 섰다. 빼꼼히 열려 있는 파란 대문 옆으로 분홍색 과꽃이 피어있는 사진이었다.

그렇지 않아도 어머니가 사무치게 그리웠는데, 그 사진이 꾹꾹 누르고 있던 눈물샘을 자극했다. 오늘도 내 마음은 사람들 북적이던 그 파란 대문 집으로 달려간다. 버선발로 뛰어나와 기다리실 어머니가 눈에 선하다.

# 어머니는 해결사

"저 여자 좀 잡유."

"안 돼유. 잡지 마유!"

쫓고 쫓기는 이들은 오 공주를 키우는 부부다. 그 집은 하루가 멀다고 부부싸움을 한다. 우리 집 앞이 포구여서 이런 광경을 심심치 않게 목격하면서 자랐다. 부부싸움 끝에 아내는 바다에 빠져 죽겠다고 물가로 달리고, 남편은 그런 아내를 죽기 살기로 쫓아간다. 시퍼렇게 일렁이는 바닷물은 우리 집 마당에서 내려다봐도 뒷골이 땅길 정도로 으스스하고 무섭다.

남편 때문에 악에 받친 여자가 식식거리며 내뿜는 숨소리는 우리 집까지 들릴 만큼 크고 거칠었다. 달리기도 어찌나 잘하던지 날다람쥐 같았다. 남편조차도 그를 따라잡지 못했다. 결국 그 여자는 방파제 넘어 시퍼런 물구덩이에 몸을 던지고 말았다. 그런 장면이 포착되는 날이면 어머니와 아버지는 긴 장대를 둘러

메고 방파제로 나간다.

"또 싸웠구먼. 저 정도면 간밤에 또 날밤을 새고 들어온 거."

"잘생긴 게 죄지 뭐. 어쩌겠어."

부부싸움의 원인은 대부분 남편의 바람기였다. 게다가 그 남자는 술까지 좋아했다. 그러다 보니 날이 갈수록 부부싸움은 거세졌고, 여자가 바닷물에 뛰어들고야 끝이 났다. 그때마다 여자를 건져내는 해결사는 내 부모님이었다.

바람은 피워도 조강지처가 바다에 빠져 죽는 꼴은 못 보겠는지, 그러고 나면 며칠은 술집도 안 가고 아내의 수발을 들었다.

불구경과 싸움 구경이 재밌다고들 하는데, 그 집 부부싸움은 재미는커녕 간담이 서늘하고 등골이 오싹했다. 물에 빠진 사람을 구하다가 내 부모님이 다칠까 봐 걱정이 앞섰다.

그 집뿐만이 아니고 부부싸움을 하면 물에 빠져 죽겠다며 방파제를 기웃거리는 여자들이 꽤 있었다.


어느 날, 옆 동네에 사는 아주머니가 부부싸움을 하고 도망쳐 나왔던 모양이다. 마침 우리 집에 누에를 기르는 사랑채가 있었기에 그 아주머니는 쉽게 숨을 수 있었다. 아주머니는 말도 없이 사랑채에 뛰어들었고, 나는 사랑채에 놓아둔 감자를 꺼내러 들어갔다가 그 아주머니와 눈이 마주쳤다. 헝클어진 머리카락과 흙 범벅이 된 옷을 보고 미친 사람인 줄 알고 비명을 지르면서 기절하고 말았다. 나중에 알고 보니 술중독인 남편이 의처증 때문에 술만 먹으면 마누라를 두들겨 팼다. 그럴 때마다 집 근처로 도망 나갔다가 붙잡혀서 두들겨 맞았다고 했다. 바로 잡혀서 죽도록 얻어맞느니 이번에는 되도록 멀리 도망가자 싶어서 우리 집까지 왔다는 것이다. '부부싸움은 칼로 물 베기여. 안 살 것도 아니잖여. 여기서 좀 쉬었다가 화가 풀릴 때쯤 천천히 들어가.' 라며 어머니는 그이를 토닥였다.

그 아주머니는 나와 다섯 살 터울인 동생 친구의 어머니였다. 동생 친구가 어머니께 고맙다는 인사를 부탁해서 알았다.

그때는 남편한테 얻어맞고 사는 사람이랑 물에 빠져 죽으려는 사람들이 허다했다.


시골에서는 가을걷이가 끝나면 논바닥에 볏짚을 쌓아서 피라미드 모양의 삼각형 움집을 지어 놓았다. 볏짚을 쌓아두는 창고다. 쌓아둔 볏짚은 필요할 때마다 조금씩 가져다 쓴다. 놀이터가 흔치 않던 때라 그 움집은 우리들의 놀이터이며 최고의 아지트였다. 움집 안으로 들어가면 볏짚에서 풍기는 구수한 냄새와 훈훈함이 있어서 시간 가는 줄도 모르고 놀았다. 시간 날 때마다 움집으로 갔다.

그날은 마침 불쏘시개가 부족하다며 어머니가 볏단을 가져오라는 심부름을 시켰다. 잠깐이라도 움집에서 놀 생각에 동생이랑 콧노래를 부르며 달려갔다. 움집 안으로 들어가려는데 희미하게 신음소리가 들렸다. 처음에는 아지트에 간첩이라도 숨어든 줄 알았다. 시간이 갈수록 소리는 점점 더 작아졌다. 안으로 들어가 보니 웬 아주머니가 숨이 끊어질 듯 고통스러운 소리를 내고 있었다.

집으로 뛰어가서 어머니께 자초지종을 말씀드렸다. 한걸음에 움집으로 달려간 어머니는 아주머니의 코에 손가락을 대고 숨쉬는 것을 확인했고, 곧바로 일으켜 세우며 집으로 데려가자고 하셨다.

"엄마, 혹시 아주머니가 죽으면 어떻게 해?"

"죽을 정도는 아닌 것 같구나. 따뜻한 아랫목에 뉘어서 몸을 녹이면 좀 나아질 게야. 지금은 날씨가 추워서 체온이 떨어진 걸로 보이는구나. 일단 부축해서 데려가자."

어디 사는 누군지도 모르면서 무조건 집으로 데려가는 것이 좀 떨떠름했다. 하지만 어머니는 사람부터 살리자고 하셨다.

그 아주머니는 2박 3일 동안 우리 집 따뜻한 아랫목에서 삼시 세끼 밥상을 받았다. 그러는 사이 차츰 회복되었다.

그 아주머니도 옆 동네에 사는 사람이었다. 평소에 혈압이 낮아서 고생하는데, 술에 취한 남편과 싸우고 추운 것도 잊은 채 밖으로 뛰쳐나왔다. 방파제 옆으로 난 샛길은 면사무소나 읍내까지 이어지는 지름길이어서 많은 사람들이 그 길을 드나들었다. 아주머니도 그 길을 무작정 걸었는데, 그러다가 체온이 점점 떨어졌던 모양이다. 금방이라도 쓰러질 것만 같아서 안간힘을 다 해 움집으로 기어들어 갔다고 했다.

아주머니는 덕분에 목숨을 구했다며 많이 고마워하셨다. 아주머니 가족들이 찾아와서 사례하겠다는 걸 어머니가 극구 사양하셨다.


무서움을 많이 타는 어머니는 낯선 사람을 쉽게 집안으로 들이지 못하셨지만, 살아온 경험이 있어서 아주머니에게 따뜻한 보살핌이 필요하다는 걸 아셨던 모양이다. 삶을 포기하려고 물에 빠지는 사람을 여럿이나 구하는 해결사였으니까.

시대가 변한 지금은 쫓고 쫓기는 부부싸움도, 볏짚으로 만든 움집도 찾아보기 힘들다. 추억 속의 한 장면이다.

# 첫 운동화

흰 고무신을 신던 시절이 있었다. 책을 싼 보자기를 허리춤에 메고 흰 고무신을 신고 학교에 다녔다.

부모님은 항상 내 발보다 큰 치수의 고무신을 사 주셨다. 고무신은 신고 다니다 보면 벗겨지기 일쑤다. 특히 체육 시간이나 언덕에 올라갈 때는 여지없이 벗겨지고 만다. 차라리 맨발로 다니는 것이 빠를 거 같았다. 고무신은 어쩌나 질긴지 아무리 험하게 신어도 구멍조차 나지 않았다. 한번 장만하면 2~3년은 족히 신었다. 너무 지겨워서 가끔 면도칼로 귀퉁이를 살짝 찢어보기도 했지만, 고무신이 두 동강이 나거나 뒤꿈치가 아예 닳아 없어지지 않는 한 부모님이 고무신을 바꿔 줄 리가 만무하다고 생각했다.

나는 두상이 작다. 한여름에도 이불을 목까지 덮고 두 손을 포개서 가슴에 얹고 잔다. 아버지를 닮아서다.

아버지는 할머니를 닮으셨다. 할머니도 두상이 작으셨다. 피부는 하얗고, 왼쪽 눈 밑에 큰 점이 하나 있었다. 허리에 고무줄 들어간 옷이 싫다면서, 월남치마가 한창 유행할 때도 절대 입지 않으실 만큼 고집도 셌다. 눈 밑의 점이나 고집 센 성정까지, 나는 할머니를 닮았다.

5남매 중의 외동딸이고 또 할머니를 닮은 나를 아버지는 유난히 더 예뻐하고 사랑하셨다. 어린 나를 무릎에 앉혀서 먼저 밥을 먹이고 나서야 식사하실 정도로 나를 아끼셨다. 내가 중학교에 다닐 때는 수업 시간표를 다 외우고 계셨을 정도다. 저녁밥을 먹으면서 그날 수업 시간에 어떤 공부를 했는지 또는 과목 선생님께 궁금한 것을 질문했는지 꼭 물어보셨다. 아들들한테는 한 번도 그런 질문을 한 적이 없다. 딸이 하나여서 그런지, 유독 내게만 그러셨다. 아버지의 그런 교육 방법 때문에 나는 어려서부터 말을 조리 있게 하는 방법을 배운 것 같다.

"아버지. 누가 젤 예뻐?"

"우리 딸이 최고 예쁘지."

아버지는 늘 내가 최고 예쁜 딸이라고 했다. 아버지는 취미로 관상목을 키웠는데, 그것 때문에 가끔 서울로 출장을 가셨다. 그럴 때마다 서울에도 우리 딸만큼 예쁜 애는 없더라, 하셨다. 그때는 그 말을 그대로 믿었다.

초등학교 3학년 때의 일이다. 그날은 묘목을 사러 서울로 출장 가신 아버지가 며칠 만에 돌아오셨는데, 슬그머니 내게 건네준 봉지에 빨간 운동화가 들어 있었다. 발등엔 폴리를 덧댄 것이었다. 생전 처음 보는 운동화는 부드럽고 예뻤다. 신어 보니 발에도 딱 맞았다.

"아버지는 내 발 문수를 어떻게 알았대유?"

"하나밖에 없는 딸인데 그것도 모르겠냐? 잘 신어라."

고무신이 싫증 나서 신발을 바꾸고 싶은 마음이 굴뚝같았다. 그런데 막상 빨간색 운동화가 생기니 신고 다니기에는 너무 아깝다는 생각이 들었다. 해서 머리맡에 두고 저녁마다 신고 벗는 연습만 했다. 그렇게 한 계절을 보냈다.

드디어 그 예쁘고 귀한 운동화를 신고 학교로 가려는데, 앗!, 발가락이 살짝 꺾였다. 있는 힘껏 발을 집어넣었다. 간신히 운동화를 신긴 했지만, 발가락이 몹시 불편했다. 한 계절 동안 신어서 늘어났으면 괜찮았을 것을 너무 아끼다 망해버린 것이다. 어이없고 황당해서 며칠을 목 놓아 울었다. 신지 못하더라도 애착 인형처럼 끌어안고 지내고 싶은 심정이었다.

그때 방 안에서 살짝살짝 신어 본 것이 생애 첫 운동화의 상견례였다.

이제는 허리가 부실해서 구두보다 운동화를 즐겨 신는다. 브

랜드마다 신어 보고 관찰해서 내게 딱 맞는 곳을 찾았다. 중학교 때 동상에 걸려서 발가락에 변형이 생긴 탓에 평범한 사람들보다 살짝 크게 신어야 내 발이 편하다. 운동할 때나 출퇴근할 때, 일을 할 때도 꼭 운동화를 신는다.

여름이면 발톱에 예쁘게 페디큐어를 하고 샌들을 신는 사람이 많은데, 나는 샌들은 절대 신지 않는다. 못생긴 발가락도 감추고 발뒤꿈치 갈라지는 걸 예방하기 위해서다.


며칠 전에 신발가게를 지나다가 어린 시절 내 빨간색 운동화랑 비슷한 운동화를 발견했다. 가슴이 뭉클했다. 이제는 빨간색 운동화를 선물 받아도 신고 다닐 수 없는 나이가 되었다. 그저 한 번 만져보는 것으로 가슴속에 맺힌 응어리를 풀어낼 수 밖엔 없었다.

그 운동화를 얼마나 아끼고 아꼈는지 모른다. 발이 그렇게 빨리 자랄 줄 알았더라면 매일 밤 머리맡에 모셔두지는 않았을 것이다. 요즘은 작은 신발을 늘려 주는 기계도 있지만, 그때는 속수무책이었다. 그저 바라만 보다가 애끓는 마음으로 옆집 동생에게 물려주었다. 단 한 번도 신어보지 못한 채로.

# 수탉과 빨간 스웨터

그 집은 동네에서 제일 큰 부자였다. 6~70년대 시골에서는 집집이 가축을 길렀다. 닭은 직접 알을 부화시켜서 늘리고, 돼지나 소도 새끼를 낳아서 숫자를 늘렸다. 가축이 많을수록 부자로 여겨졌다. 그 집은 대나무 감나무는 물론 가축도 많은 부잣집이었다.

우리 동네는 작은 마을이었다. 동네 길은 비포장이고 외길이었다. 가게에 가거나, 학교에 오갈 때는 꼭 그 부잣집을 지나야만 했다. 싸각거리는 대나무 울음소리와 닭이랑 황소가 싸놓은 퀴퀴한 똥냄새가 마치 그 집의 위엄을 알려주는 것 같았다. 나는 그 집을 지날 때마다 항상 공포에 떨었다. 무서운 수탉이 수호신처럼 그 집을 지키고 있어서다.

어린 마음에 발소리만 안 내면 될 줄 알았다. 신고 있던 고무신을 벗어서 양손에 들고 살금살금 기어갔다. 그래도 어떻게 눈치를 채는지 금세 수탉이 날아와서 나를 마구 쪼았다. 인정머리 없는 수탉은 손등과 발등, 그리고 팔다리를 닥치는 대로 쪼아놓고 달아난다. 순식간에 벌어지는 일이라서 늘 당하기만 했다. 똥냄새가 심하던 그 집이, 밤마다 귀신이 나온다고 소문난 상엿집보다 더 무서웠다. 그 집 앞에만 가면 발이 땅에 붙어서 걸음을 옮길 수가 없었다. 공포영화에 나오는 그런 집처럼 보였다.

학교를 오고 갈 때는 그 수탉이 나타나지 않았다. 동무들이 많아서 겁을 낸 것 같다. 수탉도 강자는 무서워하고, 약자를 우습게 여기는 걸까. 혼자 다니는, 나처럼 작고 약한 아이를 표적으로 삼는지도 모르겠다.

문제는 부모님의 심부름을 갈 때였다. 아버지는 막걸리를 좋아해서 늘 내게 막걸리 심부름을 시키셨다. 아들은 오다가다 한 모금씩 마실지도 모르지만, 딸은 그러지 않을 거로 생각하신 것 같다. 내가 매일 노란 주전자를 들고 주막에 다니는 걸 눈치챘는지 수탉은 그 시간에 꼭 나타났다. 어머니는 내게 빨간색 옷을 자주 입혔는데, 그래서였을까? 아니면 체구가 작은 내가 빨간색 옷을 입어서였을까? 어쨌든 나는 그 집 수탉들의 밥이었다.

그 부잣집에는 내가 제일 좋아하는 감나무도 많았다. 가을이면 주변에 연시가 지천으로 떨어져 있었지만, 한 번도 연시를 주우러 가지 못했다. 수탉이 튀어나올 것 같아서다.

얼마 전 네팔로 선교를 다녀왔다.

네팔은 우리나라의 50~60년대를 닮았다. 나무와 가축들이 모두 내 고향에서 보고 자란 것과 똑같다. 그곳에서 수탉의 무리를 많이 보았다. 어릴 때의 공포가 되살아나서 뒷걸음질 치다가 그만 넘어졌고, 당황해서 나도 모르게 휘이 하고 크게 소리를 질렀다. 수탉들은 그 말을 알아듣는 것처럼 구석으로 달아났다. 별것도 아니었다. 휘이 한마디면 되는 걸 그때는 왜 그걸 모르고 당하기만 했을까.

사각거리던 대나무 울음소리와 똥냄새, 겁에 질렸던 내 모습이 생각나서 웃음이 멈추지 않았다.


머리 나쁜 사람을 가리켜서 흔히들 닭대가리라고 하는데, 나는 그 말이 틀렸다고 생각한다. 닭은 영리한 동물이다. 그런데 닭은 정말 색깔을 구분하는 걸까?

# 콩 자루

학교에서 돌아오면 먼저 꽁꽁 언 발부터 녹여야 한다. 엄마가 군불을 지펴서 뜨끈뜨끈하게 달궈 놓은 아랫목 이불속에 발을 넣고 5분쯤 지나면 동태처럼 얼었던 발이 사르르 녹아내린다. 막걸리에 취한 듯 벌겋게 달아오른 얼굴도 따라서 녹는다.

나는 집에서 십 리나 떨어진 중학교에 다녔는데, 매일 그 길을 걸어다녔다. 버스는 하루에 딱 세 번 밖에 다니지 않았고, 유난히 체구가 작았던 나는 사람으로 미어터지는 버스를 도저히 탈 수 없었다.

45년 전 이야기다. 그때는 비도 많이 오고, 눈도 많이 내렸다. 특히 눈은 무릎까지 닿을 정도로 내렸다. 아침저녁으로 십리 길을 걸어 다니느라 손과 발이 동상에 걸렸다. 다행히 무거운 책가방은 버스를 타는 친구들이 맡아주었다. 그 바람에 빈 몸으로 걷거나 뛰어서 3년 개근상을 받았다. 친구들 도움 덕분에 걸어

다닐망정 행복하게 학교에 다닐 수 있었다.

그래도 겨울이면 찾아오는 불청객은 친구들도 어찌해 줄 수 없었다. 불청 손님은 손가락과 발가락의 동상이다.

동상을 빼는데 효과 좋은 것이 콩이라고 했다. 민간요법이지만, 콩에는 칼슘이 들어있고 또 찬 성분이라서 열을 빼주는 역할을 하는 것으로 알고 있다. 엄마는 나를 위해서 다른 곡식보다 콩을 더 많이 심었다.

학교에서 돌아오면 콩 자루 4개가 제일 먼저 나를 반겨주었다. 작은 것 두 개에 손을 넣고, 큰 콩 자루는 발에 신는다. 그리고 화장실에 한 번 다녀오면 사방으로 콩이 튄다. 아무리 신경을 쓰고, 콩 자루를 꽁꽁 묶어도 콩 몇 알이 꼭 흘러나온다. 식구 중 누구 한 사람은 그 콩을 밟고 비명을 지른다. 나도 가끔 콩을 밟고 비명을 질렀으니, 누가 큰소리를 내어도 할 말이 없었다.

동상에 걸린 건 나뿐이었다. 동생들은 괜찮고 나만 동상이 걸렸다. 내 피부가 약했나 보다.

아무리 신경 쓰고 조심해도 흘러나오는 콩을 막을 수 없어서, 하루는 꾀를 내었다. 엄마 모르게 콩 자루를 신지 않고 이불속에 그냥 발을 넣었다. 콩 자루를 신으면 차가운 콩 때문에 발가락이 시원하면서 가렵지 않은데, 콩 자루를 신지 않으니 금세 발이 가려웠다. 박박 긁었더니 순대같이 얇던 발가락이 삽시간에

족발처럼 부어버렸다. 몰래 이불 속으로 손을 넣고 긁다가 눈치 빠른 엄마한테 걸려서 혼쭐이 났다.

이것이 화근이 되어 동상이 더 심해졌다. 병원에서는 발가락을 잘라야 한다고 했다. 그 말을 듣고 난 후부터는 콩 자루를 신는 일은 매일 밥을 먹는 것처럼 빠트리지 않고 열심히 했다. 겨우내 양말 대신 콩 자루를 신었다.

동상이 심해지고 발이 부을 때마다 운동화 크기를 5mm씩 늘였더니 겨울 동안 신발 크기가 20mm나 커버렸다. 마치 어린이가 장화를 신고 다니는 것처럼 어울리지 않았다.

큰 발은 나의 콤플렉스로 자리를 잡았다. 신발 매장에 가면 점원들이, 작은 아이가 발만 크다고 어찌나 놀려대던지, 그 소리가 듣기 싫어서 20~30대 때는 신발을 맞춰 신었다. 요즘은 멋으로 큰 신발을 신고 다니지만, 그때는 발이 크면 놀림을 당했다. 그게 싫어서 신발을 딱 맞게 신거나, 오히려 작게 신었다. 억지로 발가락을 구부려서 발 모양에 변형이 생겼다.

어릴 때 걸린 동상 때문인지 일찍부터 발가락에 관절염이 생겼다. 45년이 지난 지금도 비가 오거나 날씨가 추워지면 발가락이 아프고 저리다. 마치 몸속에 체온계가 들어있는 것 같다. 오늘처럼 봄 속에 발톱을 감추고 웅크렸던 꽃샘추위가 기승을 부리며 사납게 울어대면 발가락이 가렵고 저려온다. 엄마가 만들어 주던 그 콩 자루가 많이 생각난다.

# 꿩 잡기

우리 집 뒷산에는 산짐승들이 많이 살았다. 산토끼와 꿩은 헤아릴 수 없을 정도였다. 우리 형제들은 꿩이랑 참새를 많이 잡았다. 참새를 잡는 방법은 단순해서 어린 막냇동생도 잘 잡았다. 망태기 안에 쌀겨를 뿌려 놓고, 작은 막대기를 지지대로 세운 다음 새끼줄을 길게 늘어뜨린다. 그때 참새가 먹이를 찾아서 들어가면 바로 새끼줄을 잡아당겨서 생포하면 된다. 그런데 꿩을 잡으려면 먼저 싸이나(사이안화칼륨)를 콩에 넣고 봉해야 한다. 꿩이 주워 먹을 수 있도록 콩을 잘 만드는 게 첫 번째 임무다.

꿩 암컷은 까투리, 수컷을 장끼라고 한다. 암컷과 수컷은 생김새부터 완전히 다르다. 까투리는 암갈색인 데 비해 장끼는 빛이 화려하고 곱다. 아마도 암컷을 유혹하기 위해서 화려하게 장식하는 모양이다. 개인적인 생각이다. 꿩의 새끼는 꺼병이라 부르는데 병아리보다도 더 귀엽고 예쁘다. 머리에는 갈색으로 된 두 줄이 있다. 마치 다람쥐처럼 보인다. 꿩은 봄에 보리밭이나 우거진 풀숲에 새끼를 낳는다. 계절이 바뀌어 겨울이 되면 꿩은 통통하게 살이 붙는다. 통통해서 덫이나 올무에 잘 걸려든다.

쥐 잡을 때 덫을 많이 사용하기 때문에 시골에서는 쉽게 덫을 구할 수 있지만, 올무와 덫은 사람에게도 굉장히 위험한 도구이다. 나도 덫에 걸려서 여러 번 고생한 경험이 있다. 그렇기 때문에 올무 대신 싸이나(사이안화칼륨)를 넣은 콩을 뿌려 놓는 것이다.

꿩 잡으려다 가족 잡을 뻔한 일이 있었다. 지금 생각해도 끔찍하고 아찔하다.

우리 집은 다른 작물에 비해서 콩을 많이 심었다. 콩으로 두부도 만들고 콩나물도 기른다. 또 다른 잡곡이랑 같이 밥에 넣어 먹기도 했으니, 많으면 많을수록 좋다. 그 귀한 콩을 한 알 한 알 면도칼로 단면을 긁어내고 흠집을 낸다. 그 흠집에 싸이나(사이안화칼륨) 한 방울을 떨어뜨린 다음, 그 위에 양초를 녹인 촛농을 바른다. 그때도 촛농의 양을 잘 조절해야 한다. 두껍게 바르면 꿩이 귀신같이 알아차리고 도망간다. 꿩은 생각보다 머리가 영리하다. 그 영리한 꿩을 잡겠다고 철없는 우리 남매들이 나선 것이다.

꿩은 싸이나 넣은 콩을 이리저리 굴려만 보다가 확 달아나기를 반복한다. 어쩌다 실수로 콩을 먹고 죽으면 우리가 복 받은 날이다. 가끔 그렇게 운수대통한 날이 있기 때문에 꿩 잡기 놀이를 멈추지 못한다. 꿩도 위험한 줄 알고 거부한, 그 싸이나가 든 콩을 깜빡하고 오빠가, 두부 만들려고 골라놓은 콩 자루에 넣고 말았다. 초등학교 6학년이던 오빠는 싸이나(사이안화칼륨)의 위험성을 전혀 알지 못했고, 동네 형들이 가르쳐 준 대로 콩을 만들었을 뿐이다.

며칠 뒤 어머니가 두부를 만들려고 바삐 움직였다. 두부를 만들 때는 콩 한 말씩(7kg)을 만들었다. 그러려면 시간이 꽤 걸린다. 먼저 불린 콩을 맷돌에 갈아야 한다. 한 국자씩 맷돌에 떠 넣고 갈아야 하는데, 두어 시간은 족히 걸린다. 나는 어머니가 돌리는 맷돌구멍에 국자로 콩을 떠 넣었다. 여간 힘든 게 아니었다. 그렇게 갈아놓은 콩물은 가마솥에 넣고 끓인다. 보글보글 뽀얀 거품을 뿜어내며 콩물이 끓으면 베로 만든 자루에 퍼 담는다. 그런 다음 고무통 위에 새총처럼 생긴 Y자 모양의 나무를 올려놓고 그 위에서 콩물을 짠다. 콩물이 든 자루가 뜨겁기 때문에 조심해야 한다. 어머니와 아버지는 절굿대 양쪽 끝을 잡고, 콩물이 든 자루를 천천히 누르면서 최대한 콩물을 짜낸다. 젖소의 젖처럼 콩물이 흘러내린다.

콩물을 다 빼낸 비지는 찌개를 만들거나, 다른 반찬을 만들

때 쓰려고 따뜻한 방 아랫목에 놓고 뜸을 들인다.

짜낸 콩물은 다시 가마솥에 넣고 중불로 끓여 가며, 간수 넣은 바가지를 살살 돌려준다. 그때 몽글몽글하게 뭉치는 작은 덩어리가 보이기 시작하는데 그게 바로 순두부다. 순두부를 먼저 떠내고 나머지 두부는 사각으로 된 틀에 퍼붓는다. 그 위에 무거운 도마를 얹고, 그 도마 위에 물 주전자를 올려 눌러주면 고소하고 담백하며 단단한 두부가 완성된다.

어머니가 골라놓은 콩만 있었다면 이렇게 맛있는 두부가 완성되어야 한다. 하지만 오빠가 싸이나가 든 콩을 실수로 넣는 바람에 간수를 아무리 넣어도 콩물이 전혀 엉기지 않았다. 처음 갈아놓은 콩물 그대로처럼 보였다. 눈치 빠른 어머니가 큰소리로 오빠를 불렀다.

"준희야, 너 며칠 전에 꿩 잡는다고 만들었던 콩 남았다더니, 그 콩 어디에다 뒀니?"

"건넌방 문 앞에 둔 거 같은데, 왜요?"

"왜라니?"

어머니는 날 선 목소리로 오빠의 등짝을 냅다 후려갈겼다. 어렵게 얻은 아이라 금지옥엽이던 오빠를 어머니가 그렇게 때린 건 그야말로 큰 사건이었다. 아마 처음이자 마지막이었을 거다. 그 광경은 내게도 큰 충격이었다.

어머니는 '여기 와서 이것 좀 봐라. 왜냐는 말이 나오나?'

한 말이나 되는 콩은 그렇게 버려졌다. 버려진 콩을 바라보며 오빠도 망연자실했다.

재미있고 스릴 넘치던 꿩 잡기 놀이는 그날 이후로 막을 내렸다. 두부가 만들어지지 않은 게 천만다행이지 만약 그 콩이 두부로 만들어졌더라면 아마도 우리 가족들은 끔찍한 사고를 면치 못했을 것이다. 그때를 생각하면 지금도 아찔하다.

싸이나가 위험하다는 건 성인이 되어 철이 들면서 알았다. 지금도 두부를 보면, 태어나서 처음으로 어머니에게 등짝을 얻어맞으며 잔뜩 겁에 질려 있던 오빠의 모습이 떠올라서 웃음이 절로 나온다. 정말 끔찍했던 일이지만 모두가 무사했기 때문에 추억으로 남아있다.

# 가오리연

고향 집 주변은 온통 대나무 숲이다.

대나무는 이름만 나무일뿐 볏과에 속한 풀의 일종이다. 대나무 중에서 가장 굵은 것이 맹종죽인데 직경 20cm까지 자라고 죽순을 먹을 수 있다. 왕대는 건축재, 가구 용재, 농사용 자재, 어구, 낚싯대, 장대를 만드는 데 쓰인다. 우리 집엔 왕대는 몇 그루 밖엔 없었고, 자잘하게 쓰이는 신우대(조릿대)가 많았다.

새해가 되면 아버지는 가늘게 다듬은 신우대로 복조리와 소쿠리를 만들어 친척과 이웃에게 나눠주셨다. 나는 아버지가 예쁘게 다듬어 놓은 대나무를 슬쩍 훔쳐다가 가오리연을 만들었다. 가오리연이 다른 연보다 만들기 쉽기 때문에 가오리연만 만들었다. 한 번은 큰맘 먹고 방패연에 도전했지만 아무리 연구해도 잘 안 돼서 신우대만 버리고 말았다. 그 후론 다른 연은 만들 엄두조차 내지 못하고 가오리연만 만들었다.

도화지를 정사각형으로 자르고, 자른 종이를 마름모꼴로 놓는다. 그다음 종이 양옆에 가늘게 다듬은 신우대를 대고 종이에 고정한다. 딱풀이나 밥풀을 사용하는데, 나는 주로 밥풀을 썼다. 같은 밥풀이라도 보리밥보다는 쌀밥이 더 잘 붙는다. 보리밥을 많이 먹던 시절이라 쌀밥을 쓰는 건 사치였지만 말이다. 연의 양쪽 면을 신우대로 고정한 후에는 연 입구에 삼각 모양의 구멍을 뚫고, 양쪽 끝부분에도 구멍을 뚫는다. 그다음에 연을 삼등분으로 나누어 삼분의 일 지점쯤 되는 곳에, 황소에게 멍에를 씌우듯 신우대를 아치형으로 붙인다. 미리 뚫어놓은 세 개의 구멍에는 실을 연결해서 묶는다. 이때 첫 번째 구멍의 실을 나머지 두 구멍의 실보다 조금 짧게 묶는 것이 요령이다. 그래야 연이 바람의 방향을 타고 잘 날 수 있다. 조금 더 멋을 내려면 연 끝부분에 화려하게 꼬리를 달아주면 된다. 그러면 아주 멋진 가오리연이 완성된다. 얼레에는 실을 많이 감아놓는 게 좋다. 실이 짧으면 연이 날다 말고 나무에 걸려서 찢어질 수 있다.

성격이 급한 우리 오 남매는 만들어진 연의 풀이 채 마르기도 전에 마당으로 나가서 연을 띄운다. 산 밑에 있는 집이라 나무가 지천으로 깔려 있어서, 가오리연은 나뭇가지에 걸려 찢어지기 일쑤였다. 아무리 튼튼하게 연을 만들어도 두 번을 날려보지 못했다. 그래도 신우대가 많으니 다시 만들면 된다. 연이 아무리 찢어져도 걱정이 없었다. 다만 아버지께 죄송했다.

신우대를 다듬으려면 면도칼로 가른 다음 한 개씩 사포질해야 한다. 사포질이 끝나면 매끈매끈하고 부드러워서 만지기도 좋다. 얇게 다듬을수록 연을 만들 때 아치형으로 붙이는 게 유리하다. 우리는 너무 어려서 아버지처럼 신우대를 가늘고 예쁘게 다듬을 수 없었다. 면도칼에 손가락을 베일까 무서워 우리들은 신우대를 다듬어 볼 엄두를 못 냈다.

며칠 전 신우대밭에 갔었다. 가족들 발길이 뜸해서인지 예전의 대나무밭이 아니었다. 아버지 묘의 봉분만 나를 반겼다. 대나무 옆을 장승처럼 지키고 있던 벽오동 나무도 쓸쓸한 모습이었다. 대나무로 가오리연을 만들던 어린 시절 그날처럼, 대나무 좀 아껴 쓰라던 아버지의 음성이 귓가에서 맴돈다.

사람도 사랑을 받아야 예뻐지듯 나무나 식물도 그렇다. 온 가족이 떠난 텅 빈 자리를 스무 해가 넘도록 지키고 있으니, 대나무도 지칠 대로 지친 모양이다. 나는 미안하지만 내 아버지를 잘 지켜달라는 부탁을 했다.

# 보리밭

　시월이면 보리를 심었다.

　부모님은 추석이 지나면서부터 눈코 뜰 새 없이 바쁘다. 가을 걷이와 보리 심기가 거의 맞물리기 때문이다. 아버지는 우리 집 보물 1호인 황소(누렁이)한테 멍에를 씌운 다음, 쟁기를 달아서 밭을 갈았다. 밭을 다 갈고 나서는 고랑을 만들었다. 잘 파인 고랑에 먼저 복합비료를 슬슬 뿌려주고, 보리 씨를 가득 담은 망태기를 어깨에 메고는 힘차게 보리 씨를 뿌려준다. 어머니와 우리 형제들은 아버지의 뒤를 졸졸 따라가며 보리 씨가 보이지 않게 흙을 덮어 준다. 그걸로 보리 심기는 끝이다.

　씨앗을 뿌린 지 2~3주 정도가 지나면 초록색 싹이 뽀족뽀족하게 올라온다. 그 새싹이 단단하게 자라려면 겨울철에 보리밟기를 해주는 게 좋다.

　보리밟기를 아무리 잘해 줘도 겨울에 흰 눈이 한 번 쌓이고 나면 발이 빠질 만큼 땅이 다시 물렁물렁해진다. 한 번 발이 빠지면 빠져나오기가 힘들 정도다. 그 힘든 과정을 거치고 나서야 보리 이삭이 나온다. 봄에 초록색 보리 이삭이 바람을 타고 하늘하늘 춤추는 걸 보면 정말 기분이 좋다.

보리밭에 빠지면 발이 잘 빠지지 않는다는 걸 잘 아는 나는 장난기가 발동해서 아버지를 보리밭으로 유인해 곤경에 빠트리기도 했다.

큰아버지와 둘이 자란 아버지는, 딸내미는 무조건 공주처럼 키워야 한다는 생각이 머릿속에 꽉 박이신 분이다. 내 어머니도 평생 공주처럼 위해 주셨다. 들일을 마치고 돌아올 때면 항상 업어주셨다고 한다.

남자 형제들 네 명이랑 함께 자란 나는 아버지가 원하는 공주는 아니었다. 들이나 산으로 뛰어다니며 놀기 좋아하는 천방지축이었다. 선머슴 같은 나는 늘 아버지의 걱정거리였다.

옆집에 사는 딸 부잣집의 쌍둥이가 내 친구였다. 친구네는 딸이 많아서 땔감도 늘 여자들이 담당했다. 그날도 나는 밥숟가락 놓기가 무섭게 작은 낫 한 개와 새끼줄을 들고 그 친구들을 따라서 산으로 갔다. 하지만 나는 땔감을 손수 구해 본 적이 없다. 친구가 솔 걸(솔잎)을 자루에 가득 담고, 또 마른 소나무 장작 한 짐을 만들 때까지 나는 빈손이었다. 낫 들고 폼을 잡으면서 나무하러 산으로 나서기는 하는데 번번이 빈손이다.

빈손으로 돌아가려고 생각하니 그건 좀 모양새가 나질 않았다. 푸릇푸릇한 생솔가지를 꺾어서 봇짐을 만든 다음 어깨에 둘러메고 당당하게 집으로 향했다. 그때까지만 해도 너무나 행복하고 즐거운 산행이었다.

해가 뉘엿뉘엿 서산마루를 넘어갈 때쯤 도착한 집에서는 난리가 났다. 평소에 나는 바쁜 어머니를 위해서 늘 저녁밥을 짓거나, 집안의 빨래와 청소를 도맡아 했다. 그런데 그날은 저녁을 먹을 시간인데도 내가 집에 없으니까, 아버지와 어머니는 덜컥 겁이 나더란다. 용천배기(나병환자)와 간첩이 간간이 나타나던 때였다. 그 사람들의 주거지는 대부분 험한 산속이고 우리 집은 바닷가였다. 그런 이유로 아버지는 내가 산에 다니는 걸 너무너무 싫어하셨다.

공주처럼 예쁘게 살아야 시집가서도 대접받으며 살 수 있다는, 틀에 박힌 아버지의 고정관념 때문에 산에 다녀오는 날은 꼭 야단을 맞았다. 그래도 나는 좋아하는 산행을 포기하지 않았다.

그날은 아버지 말을 거부했다는 이유로 나를 때리려고 하셨다. 눈치 빠른 어머니가 소리를 지르는 틈을 타 나는 삼십육계三十六計 줄행랑을 쳤다.

걸음아 나 살려라, 소리 지르면서 뛰었는데, 산에 다녀온 후유증으로 무릎이 아파서 더는 달릴 수가 없었다. 그래서 꾀를 내어 보리밭으로 뛰어들었다. 겨울철이라 땅이 얼었다 녹기를 반복했으니, 보리밭을 힘껏 밟으면 발이 푹 빠진다는 게 생각났던 것이다.

머리끝까지 화가 난 아버지를 피해 보리밭을 뛰어다녔다. 어리고 가벼웠던 나는 발이 빠지지 않았지만, 아버지는 어른이고 또 몸무게가 많이 나가다 보니 보리밭에 빠지고 말았다. 어이가 없는지 아버지는 헛웃음만 지었다. 그사이 하늘 높이 솟구쳐 있던 아버지의 화는 누그러지고, 나는 꾀돌이라는 별명을 얻었다.

태어나서 처음으로 아버지와 달리기 시합을 한 곳이 바로 보리밭이다.

# 무장 공비

아버지가 지어주신 별명이다.

"딸한테 무장 공비라뇨? 너무 심하지 않아요?"

"맨날 땅굴만 파는데 무장 공비지 그럼 뭐냐?"

아버지 말씀이 틀리지는 않아서 그 뒤로는 아무 말도 하지 못했다. 나는 여자 친구들보다는 남자 형제들과 하는 놀이가 재미있고, 특히 땅굴을 파고 들어가는 건 더 재미있었다.

남자 형제들 틈에 자라서인지 여자아이들이 하는 공기놀이나 고무줄놀이는 전혀 하지 못했다. 자치기나 딱지치기 아니면 비석 치기나 구슬치기를 즐겼다. 그것도 시들해지면 냅다 땅굴을 파기 시작한다.

우리들의 아지트는 뒷동산에 소나무가 우거진 산등성이에 있다. 그곳의 흙은 결이 좋고 포슬포슬하다. 나무가 우거지고 분지처럼 움푹 들어가 있어서 땅굴을 숨기기에 최적의 조건이다. 돌도 없으니 금방금방 팔 수 있어서 좋았다. 땅굴이라고 하면 깊게 파는 걸 생각하겠지만, 우리는 그렇지 않았다. 초등학교 다니던 시절이니 1미터만 파면 충분하고도 넘쳤다. 거기에 엉덩이만 집어넣고 가랑잎으로 만든 모자를 쓰면 되었다.

여러 장비가 필요하지도 않았다. 호미랑 괭이만 있어도 충분했다. 간혹 우거진 나뭇잎을 제거하기 위해서 낫이 필요할 때도 있었다. 흙이 좋고 돌이 없어서 한나절만 괭이질하고, 그 속을 단단하게 호미로 긁어내고 밟아서 다듬어 놓으면 우리들의 완전한 아지트가 된다.

아지트에 들어앉으려면 먼저 변신부터 해야 한다. 우리 집 뒷동산에는 갈잎이 유난히 많았다. 지천으로 깔린 것이 가랑잎이다. 떡갈나무잎이나 갈잎으로 모자와 치마를 만든다. 가랑잎이 얼마나 넓고 큰지 서너 장만 있으면 모자나 치마가 뚝딱하고 만들어졌다. 칡넝쿨을 뜯어서 껍질을 벗긴 다음 여러 개를 겹쳐 엮으면 모자도 되고 치마도 된다. 질기고 튼튼해서 아주 오래도록 쓸 수 있었다. 칡넝쿨은 소쿠리나 광주리를 만들 때도 요긴하게 쓰는 재료 중 하나다.

가랑잎으로 만든 모자랑 치마는 멀리서 보면 군인들이 입은 군복(개구리 복)처럼 보였다. 그때부터 우리 형제들을 독수리 오형제라고 불렀다.

그곳은 처음부터 살짝 기울어 있어서 가랑잎으로 지붕을 만들어 씌워놓으면 아무도 그곳이 땅굴인지를 모른다. 그래도 산지기인 내 아버지의 눈은 피할 수 없었다. 아버지는 그곳이 우리들이 파놓은 땅굴이라는 걸 한눈에 알아차렸다.

그 당시는 무장 공비(간첩)들이 땅굴을 파고 숨는 경우가 아주 많았다. 또 적의 항공기 공습이나 대포, 미사일의 공격을 피하려고 파놓은 굴이나 구덩이(방공호)도 많았다. 특히 우리 집이 해안가라 우리 산에 더 많았던 것 같다.

아버지는 시간만 나면 두더지 새끼처럼 땅을 판다고 나를 무장 공비라고 불렀다.

'어떻게 딸내미를 무장 공비로 취급하셔' 라고 반문하면 '그러면 여자답게 다소곳해야지? 사내새끼도 아닌데 두더지처럼 그렇게 맨날 땅을 파니?'

말씀은 그렇게 하시면서도 우리들이 파 놓은 아지트가 꽤 괜찮아 보였는지 어느 날, 후제(나중에) 애비가 죽거든 그 옆에 묻어다오, 하셨다. 그때는 농담이라고 생각했다. 나중에야 그게 진심이었다는 걸 알았다. 셋째 아들에게 유언하실 때 그 아지트 옆에 산소를 만들어 달라고 하셨단다.

매일 굴을 판다고 무장 공비라고 하시던 아버지는 우리들의 아지트 옆에 작은 봉분으로 자리를 잡으셨다.

'무장 공비! 내 아지트는 어떠니?'
아버지의 음성이 메아리 되어서 들리는 듯하다.

# 달팽이빵이 준 행복

솔방울을 주우러 가야 하는데 걱정이다. 밤새 내린 눈이 하얗게 쌓였다. 눈이나 비가 내리면 솔방울이 입을 꽉 다물고 있어서 무겁고, 눈에 잘 띄지도 않는다. 눈 덮인 산을 보며 혼자 탄식하다가 도저히 안 되겠다고 포기하려는 순간 달팽이 모양의 롤크림빵 한 줄이 눈앞에 아른거린다. 롤크림빵을 저녁마다 가족들과 나눠 먹었다. 이렇게 맛있는 빵은 처음이다.

초등학교 5학년 겨울방학 때의 일기이다. 학교에서는 난로 땔감으로 쓸 솔방울을 따 오라고 했다.

조개탄에 붙을 붙이는 불씨로 솔방울을 사용했다. 솔방울은 화력이 좋아서 50~60년대에는 땔감으로도 많이 사용되었다. 또 솔방울은 가습기 역할도 한다. 물에 담갔다 건진 솔방울을 밤새 거실에 놓아두면 아침에는 함박꽃처럼 피어 있다. 그 솔방울은 몇 번을 재사용해도 좋다. 나도 아이들 키울 때 가습기 대신 솔방울을 이용했다.

한겨울에 솔방울을 따려면 이산 저산 헤매고 다녀야 한다. 산을 뛰어다니다 보면 추위와 배고픔으로 늘 허기가 졌다. 아침 먹고 나서서 하루 종일 뒤지고 다녀도 가마니를 가득 채우기가 버거웠다. 전교생 겨울방학 숙제가 솔방울 가져가는 것이었으니 야산에 솔방울이 남아날 리가 없다.

70년대 초에 솔방울은 아주 귀한 대접을 받았다. 학교뿐 아니라 방앗간에서 참기름과 들기름을 짤 때 땔감으로 쓰였다. 방앗간 아저씨는 학교 가는 길목을 지키고 있다가 학생들에게 호객 행위를 했다. 한 가마니에 100원씩 줄 테니 솔방울을 따오라는 것이다. 눈깔사탕이 2원, 아이스케이크가 5원이던 시절이다. 100원은 여간 큰돈이 아니다.

우리 집에서 방앗간에 가려면 40분 정도 걸렸다. 나는 솔방울 가마니를 지게에 지고 방앗간으로 팔러 갔다. 내 인생의 첫 부업이기도 했다. 지게를 지고 가다 넘어진 뒤로는 리어카를 끌고 다녔다.

일반 솔방울은 80킬로 쌀가마니로 가득 담으면 100원이고, 가시 달린 솔방울은 같은 양이라도 150원이었다. 값이 차이가 나는 건 화력 때문이다. 가시 솔방울은 그만큼 화력이 세고 귀했다. 가시가 달려 있어서 따기도 힘이 든다. 맨손으로 따다가 가시에 찔려서 피를 얼마나 많이 흘렸는지 모른다.

돈을 만져보니 욕심이 생겨서 학교에 가지고 갈 솔방울이 채워지기도 전에 방앗간에 내다 팔았다. 받은 돈으로는 몽땅 달팽이빵(롤크림빵)을 사서 돌아왔다. 한 조각씩 나눠 먹던 빵을 한 줄씩 배정받으니 세상 부러울 게 없었다. 눈치 보지 않고 맘껏 빵을 먹을 수 있어서 좋았다.

고생해서 번 돈을 쉽게 써버리는 게 조금 아깝다는 생각이 들기 시작했다. 그때부터 돈을 모으기로 마음먹었다. 크림빵을 줄여서 천 원이 넘는 돈을 모았고, 그 돈을 어머니께 드렸다. 자식들이 힘들게 솔방울 팔아서 모은 돈이라 함부로 쓰지 못하겠다며 어머니가 많이 우셨다.

그 돈을 종잣돈으로 하고, 갯것 판 돈을 더해서 와롱기(탈곡기)를 샀다. 와롱기는 50년대 후반에 쓰던 족답식 탈곡기다. 거치대에 볏단을 풀어서 놓은 다음 한 줌씩 들고, 한쪽 발로 기계 밑에 달린 다리를 밟아주면서 나락을 털어낸다. 발로 밟을 때 '와롱 와롱' 하고 소리를 낸다.

아버지는 집마다 다니시면서 이 탈곡기로 벼를 탈곡하고 품삯은 나락으로 받아오셨다. 탈곡할 때 이삭이 튀어서 옷에 붙으면 땀이랑 범벅이 되어 잘 떨어지지 않았고, 온몸이 두드러기처럼 부풀어 올랐다. 그런데도 아버지는 그 탈곡기를 너무 자랑스러워하셨다. 탈곡기도 귀하던 시절이었다.

벌써 추위지기 시작했다. 나침반을 돌려서 솔방울을 따던 때로 돌아가고 싶다. 달콤한 롤크림빵이 가져다준 그 행복이 영원할 줄로만 알았다. 부모님이 계시던 그때가 제일 행복했다.

# Ⅱ. 아버지의 등잔

# 애비의 선물

초등학교 5학년 여름방학이 시작되던 날이다. 종례를 마치고 집에 가려는데, 같은 반이던 사촌 언니가 새콤달콤한 말로 나를 꼬드겼다.

"정분아! 머루가 아주 많은 곳을 내가 알고 있는데 같이 가지 않을래? 네가 먹기 싫다고 할 때까지 따 줄 수 있어."

먹거리가 귀할 때이기도 하지만 나는 편식이 심해서 가리는 음식이 많았다. 그나마 과일은 조금 먹었고, 과일 중에서도 시골에 많은 머루는 조금 더 좋아하는 편이라 사촌 언니를 따라 머루나무가 있는 곳까지 갔다. 밤마다 도깨비나 귀신이 나타난다는 우리 동네 연못이었다. 을씨년스러운 나무가 가득해서 무시무시했지만, 머루 먹을 생각에 무섭다는 생각은 잠시 잊었다.

수업이 끝나기가 무섭게 집으로 달려가던 내가 사촌 언니랑 머루 삼매경에 빠져 해가 뉘엿뉘엿 넘어가는 줄도 몰랐다.

어스름 달빛에 그림자가 생긴 것을 보고야 황급히 집으로 달려갔다. 부모님은, 대체 어디서 뭘 하느라 이제 오니? 지금까지 누구랑 있었어?, 하시면서 어둑어둑해져서야 나타난 나를 다그치셨다. 사촌 언니랑 머루를 따 먹느라 어두워지는 줄을 몰랐다고 솔직하게 말씀드렸다.

머루를 너무 많이 먹어선지 걱정하시는 부모님 때문인지 저녁밥을 한 숟갈도 못 먹었다. 밥은 못 먹어도 머루 따 먹던 생각을 하니 웃음이 저절로 나왔다.


밤이 깊어지면서 겨드랑이부터 조금씩 가렵기 시작했다. 점점 시간이 지나면서 온몸이 다 가렵더니 다음 날 아침엔 얼굴이 퉁퉁 붓고 입술도 돼지 입술처럼 변해버렸다. 그 모습을 보신 부모님이, 너 어제 머루 따 먹은 곳이 혹시 동네 가운데에 있는 연못이 아니냐, 하고 물으셨다. 그곳이 맞는다는 대답을 들으신 부모님은 망연자실하셨다. 그곳에서 귀신을 보았다거나 도깨비가 나타난다고 온갖 흉흉한 소문을 만들어 낸 것은 동네 사람들이라고 했다. 연못에 옻나무가 너무 많아서, 그 옆을 지나기만 해도 옻이 오르는 사람들이 생기는 바람에 온갖 흉흉한 헛소문을 냈다는 것이다. 그러면 그곳을 피해 다니겠지, 생각했단다.

내 온몸이 붓고 가려운 것도 옻이 오른 탓이라고 하셨다. 옻나무를 만지기만 한 게 아니라 그 손으로 머루를 따 먹어서 더 문제였다. 머루는 포도과의 열매로 덩굴손은 포도나무처럼 나무를 타고 한없이 올라간다. 잎이 무성할 때는 머루 덩굴손이 어떤 나무를 타고 올라갔는지 도무지 알 수가 없다. 나는 옻나무를 감싸 안은 덩굴에서 머루를 따 먹었던 것이다.

머루를 따느라 손으로 옻나무를 만지는 바람에 양쪽 손이 곪아 터지기를 백 번 정도는 반복한 것 같다. 아버지는 내 손바닥의 상처를 매일매일 확인하시면서 긴 한숨을 내쉬었다.

외상의 상처도 그렇지만 위 속의 상처는 시간이 가면 갈수록 더 심해졌다. 결국 3~4개월 동안 꼼짝도 못 하고 누워서 앓았다. 식도가 부어서 물 한 모금도 제대로 넘길 수가 없었다. 물도 못 넘기는 외동딸이 안쓰러웠던 아버지는 '네가 빨리 나으면 좋은 선물 하나 해줄게' 하시며 빨리빨리 나으라고 신신당부하셨다.

우리 집은 봄과 가을철에 누에를 길렀기 때문에 눈코 뜰 새 없이 바빴다. 부모님 일손을 조금이라도 덜어드리는 것이 제일 큰 효도인데, 그나마 밥이라도 지을 줄 아는 내가 누워서 꼼짝도 못 하고 있으니 여간 답답한 게 아니었다.

얼마 후 가을누에고치를 판매할 때가 되었다. 아버지는 누워서 앓고 있는 나를 리어카의 누에고치 옆에 올려놓고 면사무소로 향하셨다. 초가을의 선선한 날씨와 싱그러운 공기는 아파서 고생한 내 마음속까지 말끔하게 치유해 주었다.

누에고치는 그 어느 해보다 풍작을 이루었고, 최고의 가격을 받았다. 기분이 좋으셨던 아버지는 주막에서 대포 한잔을 마시고 옆에 있는 과일가게에서 내 머리보다 더 큰 사과 한 개를 사 주셨다.

"옜다, 애비 선물. 지난번에 애비가 약속했지? 집에 가는 동안 다 먹어라."

나는 혹시나 사과를 떨어트릴까 봐 품속에 넣은 다음 꼭 끌어안았다. 그리고 아버지의 콧노래 소리에 장단 맞추어 흔들리는 리어카를 타고 무사히 집에 도착했다.

아버지한테 선물 받은, 내 머리만큼 큰 사과는 그날 밤 우리 일곱 식구의 입을 즐겁고 행복하게 만들어 주었다. 사과가 얼마나 달고 맛이 있던지 45년의 세월이 흘러도 그날 아버지가 사 주신 그 맛있는 사과 맛은 찾을 수가 없다. 벤자민 버튼의 소설처럼 시간을 거꾸로 돌릴 수만 있다면, 이번엔 내가 아버지를 리어카에 태우고 도란도란 이야기를 나누며 그 길을 걸을 수 있을 텐데……

# 아버지의 등잔

아버지를 일찍 여읜 내 아버지를 생각하면 가슴이 저리고 아프다. 아비 없는 자식이라고 아버지를 놀리는 사람들을 할머니는 절대 용서하지 않으셨다.

추석 다음 날, 음력으로 8월 16일이 할아버지 제삿날이다. 그맘때가 되면 아버지의 말수가 줄어들고, 기름을 아껴야 하니 일찍 자야 한다고 서두르지도 않으신다. 할아버지가 그립고 보고 싶어서일 게다. 아버지는 슬픈데, 철없는 우리들은 할아버지 제삿날은 아버지 잔소리를 듣지 않는다고 좋아했다.

매일 해가 넘어가도록 정신없이 일하시던 아버지도 그날만큼은 이른 저녁을 먹고 제사 모시러 큰댁에 가신다.

장난꾸러기 오 남매는 아버지의 그림자가 미처 사라지기도 전에 행동을 개시한다. 먼저 아버지가 아끼는 괘종시계의 추를 떼어 놓는다. 그건 시간에 구애받지 않으려는 속셈이다. 그런 다음

베개 다섯 개의 베갯잇을 모두 벗기고 오 남매들의 티셔츠를 입혀서 나란히 벽에 기대놓는다. 얼핏 보면 5남매가 다정하게 앉아 있는 것처럼 보인다. 그런 뒤에는 우리들의 영원한 간식 창고인 고구마 통가리에 들어가서 밤새도록 소꿉놀이와 딱밤 맞기를 한다. 놀이를 하다가 배가 고프면 그 자리에서 날고구마를 껍질째 씹어 먹는다. 껍질째 먹는 고구마가 더 달고 맛있다는 걸 그때 알았다.

석유 넣은 등잔을 사용할 때였는데, 아버지가 아끼는 기름이 닳아 없어지는 줄도 모르고 놀았다. 등잔에 기름이 닳아서 불이 꺼지고 캄캄해져도 노느라고 정신 팔려서 무서운 줄도 몰랐다. 그리고 시계추를 떼어 놓아서 시간도 알 수 없었다.

놀이를 하건 말썽을 부리건 우리 오 남매는 호흡이 아주 잘 맞았다. 동네에서도 별난 남매로 소문이 자자했다. 옆집 땅콩밭을 파헤친 적도 있다. 서슬이 퍼런 주인 할머니가 쫓아와서 엄마를 닦달하던 사건은 지금 생각해도 간담이 서늘하다.

외딴곳에 있는 우리 집은 심지가 두 개인 쌍심지 등잔을 사용했다. 아버지가 집에 계실 때는 심지 하나만 불을 붙이고, 할아버지 제삿날이나 동네에 일이 생겨서 어른들이 집을 비우면, 심지 두 개 모두 불을 붙여서 집을 환하게 했다. 그날도 아버지는 심지 두 개에 불을 붙여 놓고 가셨다. 두 개의 심지에 불을 켜 놓으면 기름이 빨리 닳기도 하고 그을음도 많이 생긴다. 그을음이 얼마나 많이 생겼던지 제사를 모시고 새벽에 돌아오신 아버지와 어머니는 우리를 보자마자 박장대소하셨다. 우리들의 얼굴과 콧구멍이 마치 아궁이 같더라고 하셨다. 지금도 큰소리로 웃으시던 아버지 모습이 눈에 선하다.

아버지는 아침마다 등잔을 닦으셨다. 얼마나 열심인지 불조심이라고 쓴 글씨가 다 지워질 정도였다. 아버지가 등잔을 닦는 데는 여러 가지 이유가 있었다. 기름도 아끼고 또 깨끗하게 보관하려는 것이지만 제일 큰 이유는, 할아버지와 헤어지던 날을 기억하기 위해서였다.

아버지가 어렸을 때 할아버지는 등잔에 불을 켜놓고 인천에 다녀오겠다면서 밤배를 타러 가셨다고 한다. 할아버지는 침쟁이셨다. 지금은 한의사라고 부르지만, 그때는 침쟁이라 불렀다. 할아버지는 꽤 유명한 침쟁이였다고 한다. 유명하시기 때문에 충청도에서 인천까지 다니셨던 거다.

할아버지가 그날 밤에 탄 배는 풍랑으로 전복되고, 할아버지는 돌아오지 않으셨다. 이후로는 다시 뵐 수 없었다. 그래도 아버지는 항상 그 등잔을 보면서 할아버지를 기다리셨다고 한다. 할

아버지의 마지막 모습을 잊지 않으려고 늘 그렇게 등잔을 끌어안고 계셨던 것 같다. 바람이 거세게 불고 비가 오는 날이면 아버지는 더더욱 열심히 등잔을 닦으셨다.

나는 그때 철이 없어서 아버지가 등잔을 닦는 이유를 이해하지 못했다. 그냥 기름을 아끼기 위해서 우리를 일찍 재우는 줄 알았다. 그러다가 아버지의 속내를 알게 된 건 초등학교 5학년 때다. 그때 마을에 전기가 들어왔다. 그때부터는 등잔이 필요 없었는데도 아버지는 등잔을 버리지 못하셨다. 등잔을 머리맡에 두고 기름 대신 동전으로 배를 채워주셨다. 그런 아버지 모습이 안쓰러웠다.

아버지는 할아버지가 그리울 때면 등잔을 닦고 또 닦으셨다. 기름 대신 동전으로 배를 채운 등잔은 명절이나 부모님의 생신날 온 가족이 모여서 윷놀이나 화투 놀이를 할 때 유용하게 쓰였다.

등잔에서 동전을 꺼내며 좋아하시던 아버지의 모습은 다시 볼 수가 없다. 허리를 구부리고 앉아서 매일 아침 등잔을 닦던 아버지는 평생 그리워한 할아버지 곁으로 가셨다. 불조심이라고 흐릿하게 쓰인 아버지의 등잔은 이제 내가 매일 아침 닦고 있다. 할아버지를 그리워하던 아버지처럼.

# 가마니의 쓸모

    시골에서는 겨울을 농한기라고 한다. 농한기는 일을 하지 않는 기간을 말하는데 내가 살던 고향은 농한기에도 할 일이 태산 같았다.

    농한기가 되면 아버지는 농사철에 쓰는 도구들을 미리미리 준비하셨다. 많이 만들어 두어야 농사철에 일이 수월하다고 하셨다. 도구가 떨어지면 바쁜 농사일을 제쳐두고 새로 만들 수밖엔 없으니 여간 번거로운 게 아니다. 그러니 새끼줄이나 멍석 같은 것들이 모자라지 않도록 농한기에 넉넉히 준비해 두어야 한다.

    아버지는 척척박사였다. 똬리, 멍석, 삼태미(삼태기), 밀집 방석, 소쿠리 등, 집에서 쓰는 가재도구는 거의 직접 만드셨다. 그럴 때는 꼭 옆에 라디오를 켜 두셨다.

    아버지가 가마니 짜는 모습을 보고 있으면 스릴 있고 재미있다. 가마니틀에 새끼로 날줄을 길게 걸쳐놓고 보디를 이용해서 날 하나하나에 번갈아 가면서 볏짚을 넣어주면 가마니의 형태가 생긴다. 날을 보디에 연결하기 위해서 반쪽 보디를 활용한다. 우선 날부터 설치해 놓고 반쪽 보디를 연결하면 좀 더 쉽게 끼울 수 있기 때문이다.

가마니를 짤 때 씨줄로 사용하는 새끼는 가늘게 꼬아서 만든다. 또 가마니를 짜는 볏짚은 깨끗하게 잘 손질된 것만 골라서 한 올 한 올 차곡차곡 틀에 끼운다. 발을 밟아 틀을 돌릴 때, 바늘에 볏짚을 한 가닥씩 갖다 대면 활대가 물어 집어넣는다. 그럴 때마다 박자를 맞추듯 덜거덩 소리가 난다.

호기심 많고 칭찬받는 걸 좋아했던 나는 아버지 옆에 앉아서 볏짚 고르는 일을 돕곤 했다. 손바닥을 쫙 벌린 다음에 손가락을 갈퀴처럼 구부려서 볏짚을 죽 긁는다. 이때 나오는 검불은 불쏘시개로 쓰고, 잘 다듬어진 볏짚은 가마니를 짤 때 사용했다.

가마니를 짤 때는, 똑같은 무게로 양쪽에 번갈아 가며 힘을 주어서 어느 한쪽이 비뚤어지지 않도록 균형 잡는 것이 가장 중요하다. 그렇게 차곡차곡 엮어 올리면 직사각형으로 된 가마니가 만들어진다. 직사각형으로 된 가마니는 양쪽을 마주 보게 겹쳐놓고, 나무로 만든 코바늘에 가느다랗게 꼰 새끼를 끼워 한 땀 한 땀 꿰맨다. 그래야 좌우의 끝이 풀리지 않는다. 그런 다음 매듭지어 마무리하면 튼튼한 가마니가 완성된다.

가마니는 짚으로 만들었기 때문에 물만 닿지 않으면 아주 가볍게 오래 쓴다. 그 시절에 가마니는 곡식을 담는 용도로 많이 쓰였다. 특히 쌀가마니로 많이 사용되었다.

곡식을 담던 가마니가 낡으면 틈새로 곡식이 흘러나온다. 그런 가마니는, 뜯어진 옷이나 양말에 천을 덧대어 꿰매듯, 아버지가 군데군데 기워주신다.

가마니는 방앗간으로 솔방울을 팔러 다닐 때도 유용하게 쓰였다. 보통은 한 가마니씩 지게에 지고 다녔는데, 어느 날은 욕심이 생겨서 솔방울 두 가마니를 한꺼번에 지고 갔다. 가마니 두 개를 지게에 지그재그로 싣고 가는데 바닥이 얼었던 모양이다. 방앗간이 코앞인데 그대로 미끄러지고 말았다.

동생이랑 솔방울 가마니를 부여잡고 방앗간까지 질질 끌고 갔다. 무릎에서 피가 나는데도 아픈 줄 몰랐다. 아버지가 아끼던 가마니가 터진 것이 더 마음 쓰였다.

집에 돌아오니 아버지의 불호령이 담장을 넘었다. 처음에는 가마니를 망가뜨려서 화내시는 줄 알았는데, 알고 보니 아니었다. 개울에 빠져서 바다로 떠내려가면 어쩔 거냐며 소리를 지르셨다. 어린애들이 지게 지고 다니다가 위험한 일이 생길까 걱정하셨나 보다. 그즈음에 실제로 내게 그런 사건이 있었다.

바닷가 근처라서 동네에 작고 큰 개울이 많았는데, 초등학교 4학년 때 친구들이 내게 개천을 뛰어넘는 내기를 걸었다. 나는 체구가 아주 작았고, 그냥 봐도 그 개천은 도저히 뛰어넘을 수 없었다. 그렇다고 못 하겠다고 포기하기에는 자존심이 상했다. 눈을 질끈 감고 그냥 냅다 뛰었다. 땅을 밟고 있어야 할 내 발은 물속에 둥둥 떠내려갔다. 그 개천의 끝은 바다가 시작되는 초입이라 조금 더 떠내려갔으면 나는 아마 요단강을 넘었을 것이다.

개천 옆에 방앗간이 있었는데, 친구들이 그 집 원 씨 아저씨에게 도움을 청하여 구사일생으로 살아났다. 그래서 아버지가 늘 걱정하던 터였다.

아버지가 아무리 걱정하셔도 나와 동생들은 방앗간에 솔방울 파는 일을 멈추지 않았다. 그 돈으로 사 먹는 달팽이빵(롤케이크)이 정말 맛있었기 때문이다. 솔방울 값으로 받은 돈으로 달팽이빵은 딱 세 개만 샀다. 나머지는 모아서 어머니께 드렸다. 썰매 타고 노는 것보다 솔방울 따러 산에 다니는 게 더 재밌고 즐거웠다. 운동도 하고 돈도 벌었으니 일석이조였다.


요즘은 가마니를 쓰지 않고 부대負袋를 많이 쓴다. 곡식을 담아서 보관하거나 옮기기가 가마니보다 가벼워서 훨씬 더 편리하다. 며칠 전에 속초박물관에서 가마니틀이 전시된 걸 보았다. 곁에 앉아계시던 아버지가 눈에 어른거려서 눈시울이 붉어졌다. 반쯤 짜여 있는 가마니를 슬며시 만져보았다. 아버지의 온기가 느껴지는 것 같았다.

# 개미누에가 꽃이 될 때까지

우리 집은 어촌에 있었지만, 농업과 양잠업을 겸했다.

아버지가 빚보증을 잘못 서는 바람에 우리 집이 큰 어려움에 빠진 적이 있다. 집에 온통 빨간딱지가 붙어서 금방이라도 귀신이 튀어나올 것처럼 섬뜩섬뜩했다. 아버지는 그 빚을 갚기 위해 뽕나무, 향나무, 미루나무 등 묘목을 길러 판매하셨다. 자라지 못하는 하치들은 대부분 버렸는데, 뽕나무는 버리기 아깝다시며 밭에 심으셨다. 뽕나무는 다른 묘목보다 훨씬 더 잘 자랐다. 그 때문에 누에를 기르게 되었다.

누에를 기르는 일을 양잠이라 하는데, 누에가 알에서 깨어나 유충과 성충의 단계를 거쳐 하얀 고치로 완성될 때까지는 보통 35일에서 40일 정도 걸린다. 일 년에 봄가을 두 번 할 수 있어서 짧은 기간에 목돈을 벌 수 있다. 그러려면 잠잘 시간까지 줄여야 한다. 부모님은 그 힘든 걸 참으면서 15년 동안이나 누에를 기르셨다.

누에를 기르는 일은 누에알을 그램(g)으로 나누어 받으면서 시작된다. 짚으로 만든 멍석에 그물을 깔고 그 위에 누에를 놓는다.

알에서 부화가 되었을 때 누에의 크기는 3mm이며, 털이 많고 검은빛을 띠기 때문에 털누에 또는 개미누에라고 부른다. 누에는 이름이 많다. 알에서 깨어난 새끼는 묘妙, 검은 털을 벗지 못한 새끼를 의자蟻子, 세 번째 잠을 자는 누에를 삼유三幼, 27일 된 것을 잠노簪老, 늙은 것은 홍잠紅簪, 번데기를 용踊, 성체를 아蛾, 고치를 견繭, 똥을 잠사蠶砂라 부른다.

알에서 깨어난 누에는 뽕잎을 머리카락처럼 아주 가늘게 채 썰어줘야 먹을 수 있다. 머리카락처럼 채를 썰기 위해서는 수없이 써는 연습을 해야 하는데, 배우는 과정에서 손을 다치기도 한다. 어지럼증이 심한 어머니 대신 그 일을 내가 했다. 나는 열심히 뽕잎 채를 썰었다. 그 덕분에 지금도 나는 채썰기의 달인이다.

안방과 사랑채에 가득한 누에 밀짚 멍석은 거의 300개 정도는 되었다. 잠사라 부르는 누에똥은 이틀 간격으로 치워줘야 하는데, 300개 멍석을 하나씩 들고 갈아주는 일은 고되고 힘들었다.

누에를 기르는 방에 들어가면 퀴퀴하고 고약한 냄새가 난다. 또 여기저기 누에가 굴러떨어지기도 했다. 그렇게 가끔 낙오되는 누에를 지키기 위해 어머니는 그 방에서 쪽잠을 잤다. 사람이 없을 때 누에가 방바닥으로 떨어지면 발견하기도 전에 죽어버린다는 게 이유였다.

어머니는 비위가 엄청나게 약하셨는데도 송충이와 비슷하게 생긴 누에를 맨손으로 만지셨다. 징그럽고 무서워도 돈이 되는 일이니 참을 수 있다고 하셨다.

누에는 네 번의 잠을 자고, 잠을 자지 않는 시간엔 계속 먹기만 한다. 하루에 6~7번씩 밥을 준다. 주는 대로 먹고 크기 때문에 자주 줄수록 빨리 큰다. 누에 밥(뽕잎)이 모자라지 않도록 채워주려면 어머니는 밤에도 편히 주무실 수 없었다. 하루에도 몇 번씩 잠에서 깨어 누에에게 밥을 먹이느라 늘 새우잠을 잤다. 두통과 빈혈도 심하고, 쌍코피가 터지는 건 다반사茶飯事였다. 피를 얼마나 많이 흘렸던지 코피라고 생각할 수 없을 정도였다.

코피가 나면 어머니는 막걸리를 마셨다. 피비린내를 잊어버리는 데 큰 도움이 된다면서.

누에가 두 잠을 자고 나면 그때부터 뽕잎 먹는 소리가 조금씩 커지기 시작하고, 석 잠을 자고 나면 마치 소낙비 쏟아지는 것처럼 큰소리가 난다. 어머니는 그 소리가 돈벼락 쏟아지는 소리로 들린다고 했다. 그래서 힘든 줄도 모르고 누에 밥(뽕잎)을 듬뿍 듬뿍 주셨다. 돈벼락 소리 같다는 그 소리가 내게는 어머니의 뼈를 갉아 먹는 소리로 들렸다. 맘이 아파서 이불처럼 얇게 편 뽕잎으로 누에를 덮어버렸다. 누에가 밥(뽕잎)을 많이 먹으면 먹을수록 어머니가 앉았다 일어서기를 반복해야 하고, 그러면 더 많은 코피를 흘릴까 걱정이 되어 최대한 적게 주려고 노력했다.

막걸리를 마신 어머니는 누에 밥을 주다가 잠깐씩 졸기도 하셨다. 지친 어머니를 위해서 야식으로 누룽지를 끓여드린 적이 있다. 엄마는 졸다가 누에에게 누룽지를 줬다. 그뿐이 아니다. 뽕잎을 주다가 누에 등을 한두 번 두드린 게 아니다. 그러면 누에는 살려달라는 듯 고개를 처들고 좌우로 머리를 흔들어 댔다.

누에가 네 번의 잠을 자고 5령이 되면 크기가 8cm 정도 되는데, 마치 송충이처럼 생겼다. 시커먼 눈썹은 보기만 해도 징그럽고 소름이 돋는다. 5령 말까지의 유충 기간은 대략 20일 내외다.

5령 말이 되면 서서히 뽕잎을 먹지 않는다. 누에고치 지을 준비를 하는 거다. 이때 고치 지을 자리를 마련해 주지 않으면 그대로 죽기도 한다. 시간을 잘 맞춰야 해서 어머니의 손은 더 빠르게 움직인다. 먼저 볏짚을 15cm 정도씩 잘라서 새끼줄에 지그재그로 어슷하게 끼운 다음에 누에를 올려놓는다. 꼬박꼬박 뽕잎을 받아먹은 누에는 예쁜 고치로 은혜에 보답한다.

고치를 만드는 동안에는 컴컴하게 불을 꺼놓는다. 새끼줄에 올라간 지 대략 60시간 정도 지나면 2.5g 정도의 하얗고 예쁜 고치가 완성된다. 밀짚 멍석 위에다 지어놓은 고치는 마치 목화꽃이 만개한 것처럼 보인다. 새하얀 고치는 눈부시게 아름답다. 그걸 바라보는 엄마의 모습도 더할 수 없이 빛이 난다.

자식들 뒷바라지를 위해 몸이 부서지라 일하는 엄마를 보면서 나는 비록 어렸지만 스스로 일머리를 터득했다. 엄마에게 조금이라도 도움이 되고 싶어서였을 것이다. 나 스스로 일머리를 터득했기 때문에 자식들에게 일을 시키지 않는다. 나처럼 그저 스스로 터득하길 바랄 뿐이다.

# 삼베와 어머니의 틀니

"아이 구 무릎이 쓰리구 아파 죽겠네."

더워서 땀이 줄줄 나는 한여름에 어머니는 무릎이 터져서 쓰리다고 하신다. 밤마다 삼 삼느라 침을 바르고 비벼 대서 무릎이 성할 날이 없어서다. 삼을 명주실처럼 아주 가늘게 뽑은 다음 한 올 한 올 이어서 삼실을 만든다. 그것으로 모시를 짠다.

삼을 삼을 때 무릎에 대고 문질러야 실이 잘 꼬아진다. 긴긴 여름밤 무릎에 삼을 비비는 일을 하느라 어머니 무릎은 터지고 까졌다. 어머니는 삼 삼는 일을 아주 오래 하셨다. 삼을 삼아 모시를 만들어 팔면 목돈을 만들 수 있다. 그 시절엔 동네 사람 대부분이 삼삼기를 했다.

봄에 삼베를 심고, 7월부터 늦가을까지는 삼을 삼았다.

밭에서 베어온 삼은 잎사귀를 제거하고 머리 묶는 것처럼 끝을 묶는다. 이것을 작업할 분량만큼 물에 담가놓거나 가마솥에 찐다. 어머니는 가마솥에 찌는 쪽을 선택하셨다. 그래야 껍질이 더 잘 벗겨지기 때문이다. 삼 껍질은 고구마 순 껍질과 비슷한 방법으로 벗긴다.

삼을 찔 때 삼이 뿜어내는 구수한 냄새는 먼발치에서도 맡을 수 있다. 물에 담근 것보다 찐 것의 냄새가 더 구수했던 것 같다.

찐 삼은 건져서 대나무로 만든 전지다리*에 걸쳐놓고 작업한다.

삼실의 꼬리 부분을 앞니와 손을 이용해서 두 가닥으로 쪼갠 후에 침을 바른다. 몸 쪽 가닥에 또 다른 삼실의 머리를 대어 비빈 다음에 다른 한 가닥을 밖으로 비벼서 연결한다. 이렇게 해야 연결 부분이 풀리지 않고 질기며 매듭이 생기지 않는다. 주로 오른쪽 허벅지 위에 올려놓고 비비지만 터지거나 까져서 무릎이 아프면 서툴러도 왼쪽 무릎에 대고 비빈다. 왼쪽 무릎보다는 오른쪽 무릎에 대고 비벼서 삼을 삼아야 광주리에 차곡차곡 정리하기가 편하다.

*전지다리 : 전지다리는 삼이나 모시를 삼을 때 실을 걸어놓는 기구이다. 두 개가 한 쌍이며 길이는 50~60㎝ 내외이다. 지역에 따라 전짓다리, 전지, 쩐지 등으로 불린다. 삼과 모시는 단섬유이므로 직물을 짜기 위해서는 기다란 실로 만드는데, 이 과정을 '삼기'라고 한다. 삼기를 하려면 먼저 째기를 끝낸 실을 두 개의 전지다리에 걸쳐놓아야 하는데, 어느 정도 벌려서 세워 놓는다. 이때 삼이나 모시의 머리 쪽이 왼편에 가도록 전지다리에 걸어둔다.(한국민속대백과사전 중에서)

광주리에 잘 정리된 삼실은 모시를 짤 때까지 시렁에 차곡차곡 올려놓는다.

오른쪽 무릎이 편한 건 아마도 오른손잡이를 기준으로 해서 그런 것 같다. 삼 삼는 일을 할 때면 어머니의 무릎은 한겨울에 입술 갈라지는 것처럼 터지고 죽죽 갈라져서 피가 났다. 때 타월로 밀면 때가 한 말은 나올 것처럼 상처가 검고 깊었다.

삼베 한 필(20자)을 짜는데 약 100 가래가 필요하다. 사람이 하루에 삼 삼을 수 있는 양은 대략 15 가래 정도다. 그러니 한 필을 짜려면 밤낮으로 꼬박 7일은 삼아야 한다.

어머니는 낮에 농사를 지었으니 다른 사람보다 더 긴 시간이 걸려야 한 필을 삼을 수 있었다. 소싯적 내 기억으로는 잠자는 시간도 줄여서 삼 삼기를 하셨다. 마루에 등잔을 켜놓고 밤새 삼을 삼은 어머니는 입에 침이 말라서 입술도 까지고 사람 꼴이 아니었다. 나는 어머니를 흉내 내려고 삼을 이빨로 째 보았다. 두 갈래로 정확하게 째야 하는데 한쪽은 가늘고, 다른 쪽은 두꺼웠다. 일손을 거들고는 싶은데 어머니처럼 갈고닦은 실력이 아니어서 오히려 망쳐버린 것이다. 이내 포기하고 말았다.

어머니는 "정분아? 굳이 안 배워도 되는 건 배우려 하지 마. 여자 팔자는 뒤웅박 팔자야" 하신다.

삼삼기는 아무나 할 수 있는 일이 아니었다. 앞니로 슬쩍 물고 죽 훑어 내리면서 머리카락처럼 최대한 가늘게 뽑아야 한다. 앞니로 하다가 이가 아프면 첫 번째 어금니로 살짝 물어 쨌다. 어머니도 그렇게 하셨다.

어머니는 직접 삶은 삼으로 모시를 짜서 할머니께 적삼을 만들어드렸다. 할머니는 모시 적삼에 풀을 먹이고 빳빳하게 다듬이질해서 외출할 때마다 입고 다니셨다. 그럴 때의 할머니 모습은 어느 때보다 근사하고 멋있었다.

모시를 짤 때 광주리에 잘 정리된 실이 줄을 지어 올라오는 모습은 얼레에서 연줄이 한없이 풀어지는 것 같은 느낌이다. 살며시 모시를 만져보았다. 얼레에 감겨있는 실보다 몇 곱절은 더 부드럽다. 머리카락처럼 가늘고 곱다.

어머니는 마지막 모시로 할머니의 수의를 만들어 놓았다. 수의를 일찍 만들어 놓으면 장수하신다는 말을 믿으셨다. 할머니는 90세에 돌아가셨다. 보통 수의 한 벌을 만들려면 모시가 5 필정도가 필요하다.

삼은 대마 성분이 들어 있어서 정부에서 규제한다. 현재는 허가받은 지역에서만 생산한다. 모시가 귀하다 보니 모시 가격이 천차만별이다. 그때도 어머니가 삶은 모시는 아주 비싼 가격을 받았다. 곱게 잘 삶은 이유다.

밤낮없이 삼 삼던 어머니는 이른 나이에 틀니를 하셨다. 삼 삼느라 이빨에 힘을 주고 최대한 가늘게 실을 뽑느라 고생하신 흔적이다. 세월이 흐르면서 어머니의 잇몸에 살이 빠지고 틀니도 헐렁해지더니 먹을 때마다 딸깍딸깍 소리가 났다. 그 소리를 들을 때면 '아이구 무릎 쓰려 죽겠네.' 하시던 어머니의 모습이 떠올랐다. 가슴 아픈 일이다.

결혼 전에는 밥도 한 번 해보지 않고 금지옥엽으로 귀하게 자란 어머니가 그 험한 일들을 감당하느라 얼마나 힘들었을까, 싶다. 자식들 키우랴 살림하랴 눈코 뜰 새 없는데도 밤이면 삼 삼기를 하느라 마음 편히 주무시지도 못한, 여장부였던 내 어머니. 천국에서는 제발 평안하시길 기도한다.

## 새색시 걸음으로…

　아침 일찍부터 움직여도 집안일하다 보면 하루가 금방 지나가 버린다. 집에서 하는 일이래야 대부분 그게 그거인 것 같지만 설거지든 빨래든 하나를 붙잡으면 일이 점점 더 늘어난다. 설거지를 다 하고 나면 마른행주로 닦아서 제자리에 넣어야만 끝이 난다. 빨래는 흰옷과 검은 옷을 나누고 또 손빨래와 세탁기에 넣을 것을 구분해야 한다. 아이들이 어릴 때는 대부분 면으로 된 옷이어서 삶아서 손빨래했다. 그러다 보니 집안일은 해도 해도 끝이 안 보인다.

　꼭 그렇게 하지 않아도 된다. 가령 흰 옷과 검은 옷을 구별하지 않고 세탁기에 돌려도 별문제가 없다. 걸레도 꼭 삶지 않아도 된다. 몹시 앓고 난 후에야 그걸 알았다. 나는 나 자신을 옭아매고 괴롭힌 것이다. 스스로 선택했으니 누굴 원망할 수도 없다.

　집안일하기도 이렇게 버겁고 힘이 드는데 친정어머니는 거기에 더해 농사일까지 하셨다.

일꾼들이 오는 날에는 아침 먹자마자 새참을 만들어서 광주리에 이고 나간다. 요즘처럼 전기제품이나 가스레인지가 있는 것도 아니다. 새참 두 번에 점심과 저녁을 해 먹이려면 하루 종일 부엌에서 종종거려야 한다. 오전 여덟 시부터 일을 시작하면 늦어도 열 시에서 열 시 반에는 오전 새참을 먹는다. 이어서 열두 시 반쯤엔 점심을 내가야 하니, 일이 한도 끝도 없다. 시골이라서 시장이나 마트가 있는 것도 아니다. 일일이 찬거리를 마련하려면 늘 동분서주할 수밖에 없었다. 어머니의 하얀색 행주치마가 그을음과 땀으로 검게 변해버리고 나서야 일과가 마무리되었다.

다행히 일요일이나 공휴일 또는 방학 때면 어머니를 도와드릴 수 있었다.

아침 밥상을 물리고 나면 나도 어머니처럼 정신없이 새참을 준비했다. 똬리를 머리 위에 놓고 새참 담은 채반이나 광주리를 이고서 새색시 걸음으로 걷기 시작한다. 어머니랑 아주머니들이 일하는 곳까지 무사히 가려면 새색시처럼 걸어야 한다. 그렇지 않으면 어렵게 만든 새참들이 짬뽕이 되고 만다. 그때는 내가 아직 어려서 그런 일을 잘 못 할 때였다.


나는 어머니를 흉내 내려고 부모님이 시키지 않는데도 무던히 노력한 것 같다. 늘 어머니가 바빠지기를 호시탐탐 노리고 있었다고 해도 과언이 아니다. 어머니가 하시는 일은 무엇이든 신기해 보였다. 그중에서도 밥 짓는 모습이 제일 멋있어 보였다. 당시에는 두레박으로 물을 길어다가 쌀과 보리쌀을 씻어서 가마솥에 넣고 불을 때서 밥을 지었다. 된장찌개를 비롯한 모든 찌개종류는 국물이 자작자작해질 때까지 아궁이의 장작불에 맡겨두었다. 가스레인지 대신 석유곤로를 썼다. 두부나 여러 가지 찬거리는 어머니가 손수 만들었다. 손이 예쁜 어머니는 요리 솜씨도좋았다. 동네에서 소문난 손맛이었다.

어머니처럼 예쁜 앞치마를 두르고 맛있는 밥을 지어보는 게어릴 적 내 소망이었다. 어머니를 흉내 내는 것이 제일 행복하고재미있는 놀이 같았다. 좋아서 하는 일은 누구도 막을 수 없다. 늘 일거리를 찾아 헤매는 하이에나 같았다. 그런 이유로 아버지랑 가끔 다툰 적도 있다.

아버지는 유순하고 느린 성격이지만 완벽을 추구하셨다. 본인이 사용하는 농기계나 각종 도구를 일렬로 죽 늘어놓으신다. 그렇게 늘어놓아야 필요할 때마다 바로 찾아서 쓰기가 쉽다고 하셨다. 시골집이라서 먼지도 많고 집이 넓지 않으니 큰 그릇이나박스에 담아놓으면 보관하기도 좋고 집안도 깨끗하다. 그 이유로아버지가 늘어놓은 걸 나는 박스에 담고, 아버지는 다시 박스에서 꺼내어 늘어놓기를 반복했다.

부녀가 싸우는 목소리가 점점 커지면 어머니의 중재가 필요하

다. 어머니는 깔끔하게 선을 긋는다. '마루 밑은 아버지 공간잉께 절대로 치워주지 말자.'

마루 밑을 건드리지 않는 조건으로 평화가 찾아왔다.

아버지는 오 남매 중에서는 나를 가장 예뻐하셨다. 외동딸이면서 시키지 않아도 일을 찾아서 하기 때문이다.

어머니처럼 국수랑 감자전 그리고 비름나물이나 고춧잎을 무쳐서 광주리에 이고 낑낑거리며 밭으로 향한다. 먼발치에서 내가 보이면 한걸음에 달려오신 어머니는 '아이구! 우리 딸 난쟁이 같아서 시집도 못 가겠네' 하신다. 밭일하다가 내 모습을 보니 땅에 붙은 것 같더란다. 내가 좋아서 하는 일인데 어머니가 보기에는 광주리를 이고 다니는 내가 너무 안쓰러웠던 모양이다. 아주머니들은 서로 미래의 자기 며느리라고 야단이다. 하마터면 일처다부제의 역사를 쓸 뻔했다.

그때 내가 잘했던 음식은 잔치국수랑 감자나 호박전을 부치고 나물무침을 하는 것이었다. 집 주변에 있는 비름나물, 고춧잎나물, 질경이 나물, 머위나물, 호박잎 나물 등을 캐다가 살짝 데친 후에 양념 넣고 조물조물 무쳤다. 나물무침이 맛있었던 건 어머니가 손수 키워서 짠 참기름과 들기름 때문이었다.

전주에 있는 술집에서 여러 가지 안주를 작고 귀여운 소쿠리에 담아 주는 모습을 TV에서 보았다. 음식 이름은 새참한상이다. 그 장면을 보면서 잠깐 동안 옛 추억에 잠겨 보았다.

들기름에 뽀득뽀득하게 잘 무쳐낸 비름나물이랑 감자전과 잔치국수를 광주리에 담아서 부모님이 계신 텃밭으로 가던 날이 생각난다. 어린 나이에도 불구하고 똬리에 광주리를 참 잘 이고 다녔다. 나는 그게 얼마나 큰 행복이었는지를 가늠하지도 못하고 그저 좋아서 그렇게 했다. 광주리를 보시면서 흐뭇하게 미소를 지으시던 부모님이 참 많이 보고 싶다.

# 해넘이

내가 어릴 때는 논농사보다는 밭농사를 더 많이 지었다. 나는 학교 가는 시간만 빼고 나머지 대부분의 시간은 부모님의 일손을 도와드렸다. 공부 잘해서 부모님을 기쁘게 해 드리는 것보다 당장 눈에 보이는 일손을 도와드리는 게 더 큰 효도라고 생각했다. 휴일에도 맘껏 놀아본 적이 없다. 동분서주하는 어머니가 안타까워서, 뭐든지 다 내가 도와드려야 한다고 생각했다. 학교 공부도 시간 내서 해본 적이 없다. 쪽지에 메모해서 학교 오가는 시간에 외웠다. 방학 때나 휴일이면 여느 아주머니들처럼 어김없이 밭에서 풀을 뽑았다.

풀을 뽑을 때 가장 힘들었던 건 콩밭, 고추밭, 담배밭이다. 곡식들이 나보다 키가 컸다. 풀을 뽑으려고 앉으면 퀴퀴한 냄새 때문에 숨 쉬는 게 어려웠다. 중학교 2학년 때 내 키는 120cm였다. 밭에서 풀을 뽑을 때 편하게 숨 쉴 수 있게 키가 조금만 더 자랐으면 하는 게 그 당시 내 소원이었다.

가을이면 농촌에는 추수할 농산물이 차례를 기다리며 즐비하게 줄을 서 있다. 고추 따는 일, 참깨 터는 일, 땅콩 캐는 일, 고구마 캐는 일 들은 여름부터 시작된다. 그중에 뭐니 뭐니 해도 담배 말리기와 고추 말리기가 제일 중요하다 해도 과언이 아니다. 목돈을 만들 수 있어서다. 우리 집에서도 담배와 고추 농사를 많이 지었다.

학교에서 돌아오면 담배 널어놓은 비닐하우스 4동을 돌아다니면서 아침에 걷어 올렸던 비닐을 다시 내리고, 양쪽 출입문을 닫아야만 한다. 또 마당 밀짚 멍석에 가득 널려 있는 고추는 저녁 이슬이 내리기 전에 집 안 창고까지 잘 끌어다 놓아야 해넘이를 맞이할 준비가 끝난다. 그 일은 5남매 중 유일한 딸인 내 몫이었다.

하루는 담임선생님이, 방과 후에 시험지를 채점하라고 하셨다. 그날 나는 해넘이가 시작되고 나서도 한참 지나서야 집에 도착할 수 있었다. 어머니도 하필이면 그날따라 집에서 제일 멀리 떨어져 있는 논에서 김매는 작업을 하셨다. 내가 도착했을 때까지도 귀가하지 않으셨다.

마당에 한가득 널려있는 고추는 이미 저녁 이슬에 흠뻑 젖어서 눅눅해진 채 축축 처져 있었다. 1주일이나 말려 놓았던 것이 모두 수포가 된 셈이다. 요즘처럼 핸드폰이 있던 시절도 아니고 소식통이라고 해봐야 인편 아니면 편지였다. 그러니 어머니는 내가 학교에서 늦게 귀가한다는 사실을 전혀 알 수가 없었다. 그래서 낭패를 본 것이다.

뒤늦게 귀가하신 어머니가 잘못하다가는 고추가 썩을지도 모른다며 고추를 하나하나 수건으로 닦으셨다. 속이 많이 상하셨을 텐데 내색하지 않으셨다. 선생님 일을 도와드렸다는 것이 내심 좋으셨던 것 같다.

어머니의 소원은 내가 대학에 가는 것이었다. 학교에서 늦게 오는 건 그만큼 인정을 받았기 때문이라고 생각하신 모양이다.

35년이 지난 지금도 나는 해넘이가 시작되는 오후 6~7시가 되면 마음이 분주하다. 저녁 이슬 맞을 곡식이나 빨래를 걱정하지 않아도 되는데 그래도 무언가 꼭 해야 할 일이 남은 것 같아 늘 마음이 바쁘다. 그 옛날 내 어머니도 이런 마음이었으리라. 일곱 식구를 챙겨 먹이느라 산으로 들로 뛰어다니며 집안일까지 하시느라 힘드셨을 내 어머니.

어머니는 팔순이 넘어서까지도 해넘이가 시작되면 아파트 베란다에 널어놓은 마늘이며 고추를 뒤집고 또 뒤집으셨다. 몸에 밴 생활 습관이라 그러신 것 같다. 시골집에 사실 때도 그 바쁜 틈틈이 마루도 반들반들하게 닦아놓고 집 안팎에 잡초 하나도 없이 집안을 깨끗하게 했다. 일찍 일어나는 새가 먹이를 많이 먹을 수 있다시며, 자꾸 움직이고 일거리를 찾으셨다.

　나도 오늘은 해넘이가 시작되기 전에 어머니가 주신 마늘과 고추를 뒤집어 보고 베란다에 즐비한 화초들도 다시 한번 살핀다. 해넘이는 매일매일 찾아온다. 내 어머니도 거기 함께 오시는 것 같다. 오늘도 무사함에 감사함을 느낀다. 어느새 스멀스멀 어둠이 밀려온다.

# 비 오는 날의 감자전

성격이 급한 나는 비 오는 날도 가만히 있지 못하고, 좌불안석이다. 무슨 일이든지 해야 할 것 같다. 비설거지를 하고 간식도 챙기고 집안 곳곳을 깨끗하게 정리하는 습관이 어렸을 때부터 몸에 배었다.

그날도 추적추적 장맛비가 내리고 있는데 가족이 모두 달콤한 낮잠에 빠져 있었다. 나는 비닐우산을 받쳐 들고 밭고랑 여기저기를 돌아다니며 오이와 상추를 땄다. 더해서 작은 감자 몇 알을 캐서 감자전을 맛있게 부쳤다.

석유곤로를 사용할 때라 연기에 석유 냄새랑 식용유 냄새가 섞여서 속이 니글거렸다. 감자전을 부쳐놓기만 하고 나는 조금도 먹지 않았다.

곤히 잠자던 가족들은 기름 냄새가 코끝을 간지럽히자, 하나둘 눈을 비비며 일어나서는 감자전을 게 눈 감추듯 먹어 치웠다. 추녀 끝에 떨어지는 낙숫물 소리를 안주 삼아서 갓 구워낸 감자전을 먹으며 더없이 행복한 시간을 보냈다. 가족들의 웃음소리, 이야기 소리에 놀란 낙숫물이 슬그머니 달아났다.

밤이 되자, 세상에서 가장 맛있게 먹은 그 감자전이 식구들의 위장을 서서히 뒤집기 시작했다. 감자전을 먹지 않은 나를 빼고 가족들은 두 명씩 짝을 지어서 밤새 해우소를 들락거렸다. 해우소가 밖에 있어서 늦은 저녁에는 혼자 다니기가 으스스했다.

식구들이 배앓이하는데 대체 문제가 무엇인지 알 수 없었다. 궁금했지만 요즘처럼 인터넷이 있는 것도 아니고 병원에도 가지 않았기 때문에 원인은 찾지 못했다. 감자가 문제를 일으킨 건 알겠는데, 심증뿐이었다.

그 원인을 알게 된 것은 그 이듬해였다. 중학교 가사 실습 시간에 식재료의 독성에 관해서 공부했다. 감자의 눈에는 솔라닌이란 독성이 있는데, 이것이 식중독을 일으킨다. 바로 수확한 감자라고 해도 눈을 잘 도려내야 한다는 선생님 말씀을 듣고 나는 깜짝 놀랐다. 그때 내가 밭에서 수확한 감자는 눈이 많기는 했지만, 싹이 나오지 않았다. 그대로 껍질만 벗겨서 잘 씻고 곱게 갈아서 감자전을 만들었다. 배앓이의 원인은 결국 감자의 솔라닌 독성 때문이었다.

감자전을 조금 부쳤으니 망정이지 욕심부리고 많이 만들었더라면 정말 끔찍한 일이 생겼을지도 모르겠다. 그날을 생각하면 눈앞이 캄캄하다. 그 아찔한 사건 이후로 나는 감자를 싫어하게 되었다. 비 오는 날 가족을 위해 간식 만들던 습관도 바뀌었다.

가족들이 밤새 해우소를 들락거리며 힘들어하긴 했지만 그래도 너무나 행복한 순간이었다. 그날 담장 너머에 울려 퍼지던 가족들의 웃음소리를 언제까지나 들을 수 있다면 얼마나 좋을까!

요즘은 먹거리도 흔해지고, 바쁘게 살다 보니 예전처럼 음식을 앞에 두고 가족들이 둘러앉아서 웃을 시간도 없다. 그때만큼 맛있는 음식도 별로 없다. 오늘도 그날처럼 장맛비가 억수로 퍼붓는다. 낙숫물 소리가 그날처럼 행복하지 않고 아주 처량하게 들린다.

# 도시락 반찬 1호

어슴푸레 새벽 달빛이 창문을 비출 때 나는 무거운 눈꺼풀을 비비며 일어난다. 부모님 아침밥과 나를 포함한 형제들의 도시락 다섯 개를 준비해 놓아야 학교에 갈 수 있었다.

45년 전, 중학교 1학년 봄이다.

누에를 기를 때였기 때문에 어머니는 눈코 뜰 새 없이 바쁘셨다. 외동딸인 내가 부엌일이라도 도와드려야 했다. 60~70년대는 보릿고개가 심했다. 우리들의 도시락은 꽁보리밥에 김치가 전부였다. 보리밥도 못 가져오는 친구도 더러 있었다. 간혹 부잣집 친구들은 소시지나 계란 프라이를 싸 왔지만, 우리 5남매의 도시락 반찬은 늘 김치와 단무지였다. 그것도 감사하고 행복했다.

밭농사가 많던 우리 집은 가을이면 단무지용 무를 심었다. 단무지용 무는 둥글고 큰 것보다는 가늘고 긴 것이 좋다.

무를 항아리에 차곡차곡 담고 망에 싼 치자를 넣은 다음 한 달 정도 기다리면 노랗고 맛있는 단무지가 탄생한다.

먹거리가 귀하던 시절이라 어떤 음식을 내놓아도 진수성찬이지만, 특히 단무지는 우리들 입맛을 사로잡는 도시락 반찬이었다. 나는 새벽에 일어나 단무지에 고춧가루, 설탕, 식초를 넣고 새콤달콤하게 무쳐서 다섯 개의 반찬통을 채워놓는다. 그러면 오빠와 동생들은 조금이라도 더 많은 걸 가져가려고 앞다투어 도시락을 챙겼다.

내가 늦잠을 자는 날에는 도시락 반찬은 김치 한 가지가 전부였다. 그런 날은 책에 얼룩이 생겼다고 형제들 아우성이 이만저만이 아니었다. 김칫국물이 책에 묻지 않게 하려고 늘 신경 썼다. 가방보다 책보를 더 많이 가지고 다니던 시절이다.


단무지를 많이 담던 그때는 집집이 무를 많이 심었다. 하굣길에 배가 고프면, 아무 밭이나 들어가서 길고 예쁜 무를 뽑아 먹었다. 무를 작은 돌멩이에 대고 툭 치면 반으로 갈라진다. 씻지도 않고 그냥 껍질만 벗겨 먹었는데, 정말 꿀맛이었다. 그때는 왜 그렇게 배가 고팠는지. 아무 밭이나 들어가서 무를 뽑아 먹어도 크게 문제 되지 않았다. 시골 인심이 넉넉하고 좋기도 했지만, 특히 어른들이 배곯는 애들이라고 봐주셨기 때문이다.

어릴 때의 그 추억 때문에 단무지를 좋아하는 것 같다. 나와 형제들의 도시락 반찬통을 꽉 채워주던 단무지. 그때를 떠올리며 치자 물이 곱게 든 단무지에 고춧가루와 설탕, 식초, 참깨를 넣고 조물조물 버무려 식탁 위에 놓는다. 하지만 나 말고는 아무도 먹지 않는다. '이거 맛있는데 좀 먹어봐' 했더니 아이들은 왜 하필 단무지야? 하는 표정이다.

　나는 오늘도 어김없이 식품점 냉장고의 단무지 앞에 발길을 멈춘다. 머릿속은 이미 그 추억의 길모퉁이를 서성이고 있다. '서둘러라. 학교 늦어!' 하시던 부모님 음성이 아직도 귀에 들리는 듯하다. 어머니는 단무지에 치자 물이 덜 들까 봐 노심초사하며 단무지를 담았다. 우리 형제들 도시락 반찬 1호였던 단무지.

# 그날

　며칠째 손전화에 안내 문자가 온다. 폭염을 알리는 문자로 한낮에는 외출을 자제하라고 한다. 사십 년 전에도 무더위를 알려 주는 안내 문자가 있었더라면 담뱃잎 나르는 일은 이른 아침이나 오후 늦은 시간으로 미루었을 텐데.

　'난 죽어도 못해' 막둥이가 땅바닥에 엎어져 흐느끼고 있다. 그날도 오늘처럼 몹시 무더웠다.
　철부지였던 우리는 여름방학이 다가오는 것을 아주 싫어했고, 농사짓는 부모님은 여름방학만 기다리셨다. 다섯 명이나 되는 일꾼이 공짜로 생기기 때문이다. 여름방학 일주일 전부터 아버지는 우리를 위한 계획표를 마련해 두었고, 두 명씩 조를 짜서 담뱃잎 나르는 일과 담뱃잎 엮는 일을 시키셨다.
　나는 담뱃잎을 엮었다. 우리 집 길옆에는 아버지가 심어 놓은 아까시나무와 뽕나무가 줄지어 있었는데, 담뱃잎 엮는 일은 그

그늘에서 했다. 아까시나무 그늘을 벗 삼고, 지저귀는 새소리에 장단을 맞추며 담뱃잎을 엮는 일은 신선놀음이라고 해도 과언이 아니다. 담배 향에 취하고 또 너무 시원해서 간간이 졸기도 한다. 담배 향기는 진한 에스프레소 냄새처럼 구수하다.

다섯 형제 중 짝꿍이 없는 막냇동생은, 엄마랑 아버지가 따 놓으신 담뱃잎을 도맡아 날랐다. 더운 날 담뱃잎 나르는 일은 쉽지 않다. 오죽했으면 막둥이가 더워서 못 하겠다고 울어 댔을까.

그해는 어느 해보다 담배 농사가 잘되었다. 우거진 담뱃잎이 그늘을 만들어 주는 바람에 어머니와 아버지는 그나마 더위를 참으며 일하셨다. 하지만 동생은 어리기도 하고, 또 더위를 먹었는지 그날따라 어지럽다며 울어 댔다. 그 모습이 얼마나 안쓰럽고 불쌍해 보이던지, 밭에서 나오신 아버지가 막둥이와 약속하셨다. 담배 농사는 올해만 짓겠다고. 우리들은 환호성을 지르며 좋아했다. 목 놓아 울던 막둥이도 언제 울었냐는 듯 툭툭 털고 일어나서 남은 담뱃잎을 모두 날랐다.

그날 밤 우리 일곱 식구는 담배를 대신할 농사에 대해 밤하늘의 별을 세며 회의를 했다. 아버지는 막둥이와 한 약속을 지키기 위해 그 이듬해부터 담배 대신 양배추 농사를 지었다.


음력 유월 십 일, 아버지의 제삿날이다. 생신도 음력 칠 월 구일인데 제삿날까지 한여름이다. 돌아가시던 해에 윤달이 들었기에 망정이지 안 그랬으면 생신 뒷날에 제사를 모실 뻔했다.

담배를 엮던 그날부터 40년이 지난 오늘, 우리 가족은 다시 한자리에 모인다. 막둥이와 우리 가족을 지켜주던 아버지는 이제 그 자리에 안 계신다. 아버지가 대장암 판정을 받으셨을 때 의사는 1년은 더 살 수 있을 거라고 했다. 우리는 그 말에 조금은 위로받았다. 하지만 아버지는 5개월도 못 넘기셨다. 덥고 어지러워서 도저히 담뱃잎을 못 나르겠다고 데모하던 막둥이의 얼굴도 보지 못한 채 급히 떠나셨다. 아버지가 위독하시다는 연락을 받자마자 출발했지만, 멀리 경남 사천에 사는 동생은 아버지의 임종을 보지 못했다.

아버지는 누구보다 추위를 많이 타셨다. 여름에 태어나서 그러셨을까? 더운 날씨에도 땀을 흘리지 않더니 삼복에 돌아가셨다.

오늘은 마치 아스팔트가 녹아내릴 것처럼 무덥다. 입맛까지 없다. 더위를 알리는 안내 문자가 울려서인지 거리를 서성이는 사람도 하나 없고 매미 소리만 요란하다. 매미 울음소리를 듣고 있으려니 왠지 그때 그날처럼 아까시나무 밑에서 담뱃잎을 엮어야 할 것만 같다. 아까시나무 아래서 새소리 물소리를 들으며 담배를 엮던 그날처럼 아버지가 살아계셨으면 얼마나 좋을까.

# 어머니표 막걸리

마을 저쪽에서 단속반이 떴다는 고함이 들리면 우리는 그때부터 마음이 엄청나게 조급해진다. 성질 급한 어머니는 이리저리 뛰어다니느라 정신이 없다.

농사짓는 일이 힘들다 보니 농촌에서는 끼니때마다 반주로 막걸리를 마신다. 그러면 힘이 훨씬 덜 든다고 생각하시는 것 같다. 아마도 술기운 때문에 팔다리 허리의 통증이 덜 느껴질 수도 있고, 또 술의 중독성 때문인지도 모른다. 어릴 때는 술 마시고 일하면 힘이 안 든다는 말이 진실인 줄 알았다.

끼니때마다 술 사러 다니는 것도 번거롭고 또 술값도 만만치 않아서, 집집이 막걸리를 담았다. 어머니도 가끔 아버지가 좋아하는 막걸리를 담그셨다.

찬밥에 누룩을 넣은 다음 사카린이나 당원을 넣고 휘휘 저어서 항아리에 담는다. 뚜껑을 덮어 놓으면 얼마 후에 막걸리가 완성된다. 대충 버무리는 것 같아도 어머니가 담은 막걸리의 맛은 일품이었다. 아버지는 막걸리 중에서 어머니 막걸리를 제일 좋아하셨다. 막걸리가 맛있었던 건, 엄마의 손맛에 더해 사카린이랑 당원도 한몫했고 또 배고픔도 한몫했던 것 같다. 막걸리를 다 따르고 남은 술지게미에다 당원이나 사카린을 넣어서 먹기도 했다.

집에서 술을 담그면 법에 걸렸다. 단속도 심했는데 일단 단속이 나오면 동네 사람들은 서로서로 큰소리로 신호를 보내줬다. 내가 초등학교 3~4학년 때 눈깔사탕값이 1원이었는데, 막걸리를 담았다가 단속에 걸리면 벌금이 30~50만 원이라고 했다. 내가 잘 못 들었을지도 모른다. 지금도 30~50만 원은 값어치가 꽤 큰 돈인데 50년 전 그 금액이면 땅이나 집을 살 수 있을 정도로 큰 돈이었다.

단속반에 걸리지 않으려면 막걸리 항아리를 무조건 숨겨야 했다. 가장 좋은 장소는 나뭇간이다. 나뭇간에 땔감을 가득 쌓아두면 쉽게 찾지 못한다.

땔감으로 가장 많이 쓰인 것은 솔가리(솔잎)랑 가랑잎이다. 숨이 죽기 때문에 많이 쌓을 수 있어서 좋았다. 많이 쌓아놓으면 오랫동안 땔감 걱정을 하지 않아도 되어서 쌀가마니로 20개 정도를 갖다 부어놓는다. 나뭇간의 반 정도 차지하는 양이다. 쏟아놓은 땔감은 발로 꾹꾹 밟아서 더 숨이 죽게 만든다. 그것을 하나하나 뒤지려면 시간이 꽤 오래 걸린다. 찾아내기 쉽지 않으니 겁먹지 않아도 된다. 떨거나 불안해하면 그들에게 의심받기 때문에 밝은 표정으로 태연한 척 연기했다.

내 기억으로 우리 집은 딱 한 번 걸릴 뻔했다.

그날은 우리 5남매들이 땔감을 가장 많이 해 온 날이었다. 솔가리 위에 마른 솔가지까지, 천정에 닿을 만큼 쌓아 놓는데 단속반이 떴다. 아주 위험한 순간이었다. 우리 집도 단속을 피하지 못했고, 운명을 하늘에 맡길 수밖에 없었다. 그런데 꽉 찬 나뭇간을 뒤지기가 귀찮았는지 단속하는 아저씨는 애타게 찾던 항아리를 포기하고 그만 돌아섰다.

단속반이 돌아가자마자 엄마는 그 자리에 털썩 주저앉고 말았다. 천만다행이었다. 만약 나무를 가득 채워놓지 않았으면 벌금딱지를 피할 수 없었을 것이다. 짧은 시간 동안이었지만 단속반의 행동이나 말투가 얼마나 무서웠던지, 엄마는 그날 이후로 막걸리를 담그지 않았다. 그때부터 나는 주막으로 막걸리 심부름을 다녔다.

엄마는 가끔 막걸리 담는 꿈을 꾼다고 하셨다. 그렇게 단속이 심해도 식량이 부족할 때라서 끼니를 대신하려고 집집이 막걸리를 담아 먹었다고 하시며 웃었다. 단속반 아저씨가 찾아오는 게 조금 무섭긴 해도 그때로 돌아갔으면 좋겠다. 그때는 아버지랑 살면서 엄마가 만든 막걸리를 먹을 수 있었으니까.

# 골목대장 할머니들

하나뿐인 내 동서는 딸 부잣집 둘째 딸이다. 형제가 열인데 모두 두 살 터울이란다. 동생이 태어나는 날이면, 골목에 삼삼오오 모여 앉은 할머니들이 학교에서 돌아오는 그녀를 향해 이구동성으로 외쳤다고 한다. "너희 엄마 또 딸 낳았다." 그 소리가 세상에서 제일 듣기 싫었다고, 놀림당하는 것 같았다고 했다.

내 고향에도 그런 분들이 있었다. 세 분 할머니가 마치 세쌍둥이처럼 골목을 지키고 앉아 골목대장 노릇을 했다. 누구네 집 살강에 밥그릇과 국그릇이 몇 개이고, 숟가락과 젓가락이 몇 개인지 훤히 꿰뚫고 계셨다. 그뿐만 아니라 마을에서 일어나는 소식을 일일이 전해주었는데, 어느 놈이 간밤에 어느 년과 눈이 맞았다더라, 혹은 손이 귀한 집에 태어난 애가 급사를 했다거나, 또는 어느 노름꾼이 빚에 못 이겨서 간밤에 야반도주했다는 둥 그 대부분이 우울하고 흉한 이야기였다.

어린 내가 듣기에는 참 많이 불편했다. 전혀 근거가 없는 내용이 아니어서 어쩌면 더 거북하게 들렸는지도 모르겠다.

바람둥이로 소문난 아저씨가 어느 날 아침에 우리 집에 오셨다. 늦가을 아침이라서 쌀쌀했었다. 기억이 흐릿하지만, 농기구를 빌리러 왔던 것 같다. 나는 어머니의 일손을 도와드리느라 부엌에서 불을 때고 있었다. 그 아저씨는 추웠던지 손을 비비면서 아궁이 앞에 자리 잡았다. 나는 아저씨가 바람 피우는 현장을 목격하지는 않은 터라 할머니들 입술에서 흘러나오던 그 흉흉한 소문들이 거짓이려니 생각했었다. 아궁이에 땔감을 밀어 넣으려고 앉아있는 내 눈에 보이는 게 있었다. 바람둥이 아저씨가 앉아서 불을 쬐는데, 아저씨의 중요 부위가 바짓가랑이를 뚫고 나와서 '까꿍' 하며 인사를 하는 것이다. 순간 움찔하고 말았다.

아저씨는 그런 방법으로 과부가 된 아주머니들을 꼬여냈던 게 아닐까, 바바리 맨처럼.

보여주는 것만으로도 만족했는지 아저씨는 황급히 일어나 집으로 갔다. 그런 광경을 두어 번 봤지만, 그 아저씨에 대한 소문을 익히 알고 있었기에 어머니에게 따로 이야기하지는 않았다.

할머니들이 전해주는 소식에는 무시무시한 것도 있었다.

욕심 많은 할머니 한 분이 손자가 태어나기를 손꼽아 기다렸지만 계속 손녀만 태어났다. 여섯 번째로 태어난 손녀는 울음소리조차 듣기 싫어서 탯줄을 끊자마자 똥통에다 집어 던졌다고 했다. 물론 그 손녀는 바로 죽었고, 이듬해에 오매불망으로 바라던 손자가 태어났다고 말했다. 참회하는지 울면서 자기는 죄를 많이 지은 박복한 년이라고 덧붙였다.

또 어느 집은 무쇠솥에 간장을 달이는데, 솥뚜껑을 닫지 않아서 그 집 아들이 끓는 간장에 빠져 죽었다고 한다. 6~70년대에 시골에서는 너 나 할 것 없이 마당에 가마솥을 설치해 놓고 간장 된장을 달였다. 그래서 그런 사고들이 비일비재하게 일어났었다.

그런 말은 들을 때마다 무서웠다.


나는 그동안 전해 들은 이야기를 분석해서 할머니들 등수를 먹였다. 첫째는 나이순으로 나누고, 둘째는 사나운(독한 것) 순으로 나누고, 세 번째는 신장순으로 나눴던 것 같다. 나름대로 규칙을 세워놓고 1등, 2등, 3등을 정했다. 온전히 내 기준이다.

하루는 골목을 지키던 2등 할머니가 내 앞을 가로막더니 당신이 1등이 아니고 왜 2등이냐고 물었다. 기분이 나쁘니 1등이 안 된 이유를 설명해 보라고 따지는 것이었다. 나는 그때 할머니의 얼굴을 바라보는 것도 무서웠다. 그렇다고 얼버무리기는 더더욱 싫었다. 순간 1등과 3등 할머니도 합세했다. 할머니들의 성난 얼굴이 내 숨통을 조이는 것 같은 기분이 들기는 했지만, 그래도 꼭 참고 차근차근 설명하기 시작하였다. 내가 순서를 먹일 때 사나운 순서가 가장 크게 한몫했지만, 할머니들에게는 이야기를 재밌게 하는 것으로 순서를 정했다고 에둘러서 말했다. 서슬이 파랗던 할머니들은 금세 온화한 모습으로 바뀌셨다.

내가 정해드린 할머니들의 등수는 훗날 저세상으로 가는 순서가 되기도 하였다. 그러고 보면 내게 남다른 안목이 있었던 모양이다.

내 동서의 할머니는, 애비 등골을 빼려고 태어났다고 손녀들을 심하게 구박하셨다고 한다. 그렇게 구박받던 딸들은 부모님의 노후에 든든한 친구로 버팀목이 되고 있다. 여행하는 멤버, 화투나 윷놀이하는 멤버가 되어서 부모님을 즐겁게 해 드린다.

나는 외동딸이라서 우리 아이들의 도움을 받든지, 아니면 동생들의 도움을 받아야만 멤버를 형성할 수 있다. 멤버로 구성이 되면 고향 집 마당에 텐트를 치고 우리가 자랄 때처럼 민물고기 낚시를 해봐야겠다. 생각하는 것만으로도 설렌다.

어릴 때의 그 1, 2, 3등 할머니 멤버들이 지금도 여전히 골목을 지키고 있다면, 오늘은 무슨 이야기를 들려주시려나. 이제는 뭣이든 재미있게 맞장구칠 수 있을 텐데.

Ⅲ. 내 안의 엄마

# 내 안의 엄마

나는 자존심은 강한데 숫기가 없다. 무서움을 많이 타서 캄캄한 밤엔 혼자 다니지도 못한다. 고등학교 3학년 때, 두발과 교복 단속 때문에 교내 학생들이 데모를 했다. 그 바람에 늦게까지 학교에 있었다. 집에 돌아올 때는 이미 어두워진 다음이었다. 가로등 없는 캄캄한 길을 걸어갈 자신이 없어서 염치 불고하고 낯선 집으로 들어갔다. 그 집 아주머니에게 나를 집까지 데려다 달라고 간곡히 부탁드렸고, 그분 때문에 무사히 집에 돌아올 수 있었다. 학교에서 모르는 사람이 없는 유명한 사건이다. 그렇게 겁이 많다. 비위도 약해서 침을 자주 뱉는다. 이런 행동들은 어머니를 쏙 빼닮았다. 작은 체구와 카랑카랑한 목소리도 닮았다. 병원이 무서워서 화장실을 들락거리며 늦장 부리다 예약 시간을 놓치는 것도 닮았다.

6년 전에 제주도에서 바이크 사고를 당했다. 바로 수술해야 하는 상황인데도 겁나고 무서워서, 집 근처 병원으로 가겠다고 우겼다. 비행기 탈 시간도 가까웠고 또 제주도는 안양 집에서 너무 멀다는 게 핑계였다. 그렇게 안양에 도착해서 보니 이미 골든 타임을 놓친 뒤였다. 6년이 지난 지금까지도 통증에 시달린다.

어머니도 척추가 부러지는 사고를 당하셨는데, 병원 가는 게 무섭고 겁나서 파스만 붙이고 통증이 가라앉길 기다렸다고 한다. 이틀이나 지난 후에 병원에 갔으니, 회복이 더딜 수밖에 없다. 그 사고 이후로는 지팡이를 짚고 다니신다.

척추가 부러지면 숨쉬기도 어려운데 그걸 참았으니, 그 고통이 어땠을까. 내 속 짚어 남의 말 한다고, 어머니가 단지 무서워서만 그러신 건 아니라고 생각한다. 자기 몸 걱정보다 자식들에게 폐 끼치고 싶지 않은 마음이 더 컸을 것이다.

내가 어릴 적에도 엄마는 늘 몸을 아끼지 않고 일하셨다. 농사일은 물론 틈만 나면 갯벌에도 나가셨다. 갯것을 잡아다 팔아서 우리 학비에 보태셨다. 갯것 중에서 갯지렁이가 최고 수입원이었다. 비위가 약한 엄마는 구역질을 참아가며 그 징그러운 것을 잡았다. 갯지렁이를 잡은 날은 비위가 상해서 저녁도 못 드셨다. 지렁이 중에서 값이 제일 비싼 홍무시는 색깔이 빨갛다. 마치 비빔국수를 비벼 놓은 것처럼 보인다. 어머니는 비빔국수를 전혀 먹지 못하셨는데 아마도 그 때문이 아닐까, 싶다. 그뿐 아니라 봄가을로는 누에도 기르셨다.

우리 오 남매가 보릿고개를 모르고 자란 것은 몸을 아끼지 않고 들로, 바다로 뛰어다닌 어머니 덕분이다. 나는 그런 어머니를 보면서 여장부라고 생각했다.

여장부인 엄마도 해결하지 못하는 일이 딱 하나 있긴 했다. 오 남매를 낳을 때 양수가 부족해서 3~4일씩 산후통을 겪은 일이다.

7살 터울로 막냇동생이 태어나던 그날이 생각난다.

엄마는 아기가 태어날 것 같으니, 큰집에 가서 할머니를 모셔 오라고 했다. 할머니가 오신 지 3일이 지나도록 동생은 태어나지 않았다. 아기 울음소리 대신 할머니의 긴 한숨 소리만 들렸다. 그 후유증 때문인지 엄마는 빈혈이 굉장히 심해서 코피를 자주 흘리신다.

나는 그런 엄마를 똑 닮았다. 첫째와 둘째는 이틀만 산후통을 겪었지만 셋째는 5일 동안 겪었다. 난산과 산후통 겪는 것만은 닮지 않길 바랐지만 역시 나는 어머니의 딸이다.


아버지가 2년 전에 돌아가셨다. 홀로 남은 어머니는 밤에 불을 못 끄신다. 불을 끄면 마치 아버지가 돌아다니는 것 같다고 하신다. 원래도 무서움을 많이 타는 데다가 의지하던 아버지가 갑자기 떠나서서 적응하지 못하는 것이다. 혼자 계시니까 별것 아닌 작은 소리에도 깜짝깜짝 놀라고, 늘 초조하고 불안해하신다. 어두운 걸 싫어하셔서 친정집은 밤마다 불꽃놀이를 하는 것처럼 환하다.

어머니께 가끔 택배를 보내드리는데 택배 용지에 '힘이 없고 몸이 약한 할머니입니다. 죄송하지만 문 앞까지 배달해 주세요.'라고 쓴다. 낯선 사람이 초인종을 누르기만 해도 가슴이 철렁 내려앉는다는 어머니를 위해서다. 어머니는, 택배기사가 물건을 문 앞에다 놓고 가면 확인하고 천천히 들여놓을 수 있어서 마음이 한결 편하다고 하셨다.

여장부시던 엄마가 아버지를 보내놓고 홀로서기하는 모습은 20년 뒤의 내 모습이기도 하다. 나이가 들어서 무서워하거나 초조해하지 않으려면 지금부터 강해져야 할 것 같다.

아버지를 의지했던 것처럼 어머니가 이제는 자식들에게 기댔으면 좋겠다.

나도 언젠가는 엄마처럼 늙어갈 것이다.

# 어머니와 막걸리

어머니의 일생을 말하면서 막걸리를 빼놓을 수는 없을 듯싶다. 결혼하고 4년 동안 층층시하層層侍下에서 살림을 배운 어머니는 숟가락, 젓가락 두 벌과 보리쌀 한 말을 가지고 제금을 났다. 그때부터 가난과의 전쟁이 시작되었다. 보리밥과 술지게미를 먹어가며 일 년도 넘게 돌산을 개간했다. 그렇게 일군 밭에 농사를 짓고, 틈틈이 당귀랑 황기 같은 약초를 재배했다. 미루나무, 뽕나무 묘목도 심었다.

결혼 전엔 밥도 한 번 해보지 않았던 어머니가 시집와서는 그런 험하고 힘든 일을 마다하지 않았다. 힘이 들 때면 막걸리 한 잔으로 이겨내셨다.

막걸리 사 먹는 것도 사치라고 생각한 어머니는 짬짬이 누룩으로 동동주를 담그셨다. 맑은 윗물은 병에 담아 손님용으로 보관하고, 남은 술지게미에 당원 한두 알이나 사카린을 넣어서 주린 배를 채우셨다.

밀주 단속이 심했지만, 동네 사람 절반은 몰래몰래 술을 담가 먹었다. 그러다 단속반이 뜨면 나뭇간에 술독을 숨겼다. 단속이 조용해질 때까지 술은 주막에서 사다 먹었다. 술 심부름은 내 차지였는데, 막걸리 향에 이끌려서 나도 모르게 노란 주전자 꼭지에 입을 대고 한 모금씩 마셨다. 달착지근하면서 맛있었다.

술지게미도 막걸리처럼 맛있는 줄 알았다. 맛있어서 어머니가 술지게미를 드시는 거로 생각했으니, 정말 철부지였다.

허기진 배를 채울 때, 힘든 일을 할 때, 막걸리 한 잔으로 버티셨던 어머니는 사람을 평가할 때도 막걸리를 잣대로 사용하셨다. 예비 사위였던 내 남편이 인사차 방문했을 때는 논에 데리고 가 손수 막걸리를 따라주셨다. 술을 좋아하던 내 남편은 장모와 논바닥에 앉아서 반말 정도 되는 술을 다 마셨다. 술에 취했을 때의 모습이 어떤지 확인하고 싶으셨던 거다. 내 남편은 점수를 후히 받았다. 술에 취해도 횡설수설하지 않고, 또 일머리도 잘 알고 게다가 막걸리까지 좋아해서 정이 간다고 하셨다. 덤으로 장남이 아닌 둘째라서 더 좋다고 하셨다. 외동딸이 층층시하에서 고생하지는 않겠다 싶어 마음이 놓인다고 하셨다.

막걸리에 취한 건지, 딸을 뺏기기가 싫으셨던 건지, 어머니는 그날 논두렁에 빠지셨다. 어머니의 그런 모습은 처음 보았다.

결혼하고 나서도 막걸리 때문에 웃지 못할 해프닝이 벌어졌다. 내 남편 생일은 음력 칠월 초하루다. 장모가 첫 생일을 차려주면 잘 산다는 말을 들은 어머니는 막걸리 한 통을 사서 고속버스에 올랐다. 에어컨 밑에서도 버티기 힘들 정도로 무더운 삼복 날씨였다. 의자 옆 통로에 놓아둔 막걸리 통은 조금씩 부풀어오르기 시작했다. 어머니는 뚜껑을 살짝 열었다 닫기를 여러 번 반복했다. 세 시간이 넘어가자, 막걸리 통은 금방 해산할 산모처럼 부풀어 올랐다. 드디어 목적지에 도착한 어머니는 막걸리 통을 아기 안듯 조심스럽게 끌어안고 버스 계단을 내려섰다. 그 순간 펑! 소리와 함께 막걸리 통이 산산조각 나버렸다. 굉음에 놀란 사람들이 금세 당황한 어머니를 에워쌌다.

어머니는 막걸리로 샤워하고, 검정색 치마는 새색시의 뽀얀 얼굴처럼 하얗게 탈색되었다. 다행히 맘씨 고운 근처 기사식당 아주머니가 옷을 빌려주서서 그 옷으로 갈아입고 무사히 우리 집에 도착할 수 있었다.

찜통더위에 대여섯 시간 동안 막걸리랑 씨름하느라 탈진하신 어머니께 남편은 '장모님! 잘 살겠습니다' 하며 눈물을 글썽거렸다.


밥보다 술지게미를 더 많이 먹으면서 그 어려운 시절을 살아오신 사랑하는 내 어머니. 아버지의 빚보증을 대신 갚고 자식들 키우느라 일밖에 모르던 어머니는 말년에 당뇨와 갑상샘 때문에 고생하셨다. 병마와 싸우느라 그 좋아하던 막걸리도 멀리하셨다. 사위와 논두렁에 빠져가며 막걸리를 마시던 그날처럼 고통 없이 언제나 활짝 웃을 수 있었더라면. 안타깝다.

# 미소 천사

2010년 1월에는 엄청나게 폭설이 내렸다.

아침밥 지을 때 꼭 뉴스를 틀어놓는다. 학교에 간 아이들이 혹 우산이 없어서 낭패 보는 일이 생길까 봐 일기예보에 관심을 두다 보니 습관이 됐다. 그 습관이 직장생활에 가끔 플러스 효과를 주기도 한다. 백화점에 근무할 때였는데, 우산, 양산과 장갑을 판매했다. 일기예보를 보고 출근하면 판매에 도움이 된다. 날씨에 따라 필요한 상품을 빨리 진열할 수 있기 때문이다. 또 아파트 경비원 일을 하시는 내 아버지께도 조금 도움을 줄 수 있었다. 폭우가 내린다든지 한파가 몰아친다든지 하는 그날의 날씨를 가르쳐 드리면 미리 필요한 준비를 하실 수 있으니 말이다. 칠순이 넘어서도 정정하셨던 아버지는 아파트 경비원으로 이곳저곳에 추천이 되어 76세까지 일 하셨다.

눈이 오나 비가 오나 출퇴근을 정확하게 하시던 아버지가 가을비가 촉촉이 내린 어느 날, 아파트 주변의 낙엽을 쓸다가 미끄러져 넘어지셨다. 아픈 허리를 부여잡고 근무를 마친 아버지는 비번인 날만 한의원과 정형외과에 오가며 물리치료를 받았다.

그렇게 두 달이 훌쩍 넘었는데도 차도가 없어서 읍내 큰 병원에서 정밀검사를 했다. 검사 결과를 보니 척추가 부러져 있었다. 부러진 허리 고통을 참아가며 근무하신 것이다.

때마침 어머니가 대장암 수술하고 인천 길병원에 입원해 있을 때였다. 그래서 아버지도 길병원으로 모시기로 했다.

예약 날짜가 2010년 1월 4일 12시, 하필이면 그날 60년 만에 내린 폭설로 하늘길과 육로가 모두 막혀 버렸다. 나는 아침 8시부터 발을 동동 구르며 버스 정류장에 서 있었다. 두 시간 넘게 기다려서야 인천으로 가는 직행버스를 탈 수 있었지만, 고속도로가 막혀서 버스는 꼼짝도 안 하고 시간만 흘러갔다.

아버지는 부평에 사는 동생 내외와 버스를 탔다가 길이 막혀서 버스에서 내렸다. 택시를 기다렸지만, 길에는 차로 보이는 물체가 하나도 없었다. 제설작업을 하던 경찰이 보다 못해 119, 응급 수송차, 경찰차 모두 연락해 봤지만 헛수고였다. 그 경찰은 입고 있던 점퍼를 벗어서 바들바들 떨고 있는 내 아버지께 입혀 드렸다. 참을 수 없을 만큼 고통이 심했는지 아버지는 이대로 죽을 수 없다는 말만 되풀이하셨다고 한다.

망망대해에 희망의 불빛이라고는 하나도 보이지 않았다. 그런 상황에서 무작정 기다릴 수만은 없어서 몇 발짝 걷다 서기를 반복했다. 그렇게 한파와 싸우고 있는데 택시 한 대가 엉금엉금 기어 왔다. 40대 아주머니가 타고 있었는데, 동생 내외가 양해를 구하고 아버지와 뒷좌석에 앉았다. 병원 예약 시간은 이미 1시간이나 지난 상태였다. 거북이걸음을 하는 택시 안에서 아버지는 통증을 참느라 신음소리를 냈다. 동생은 계속해서 병원과 연락을 주고받았다. 그 모습을 본 아주머니는 '할아버지가 아주 많이 아프신 것 같으니 어서 병원으로 가세요. 저는 여기에서 내려서 걸어갈게요' 하면서 택시에서 내렸다. 동생은 아버지를 신경 쓰느라 고맙다는 인사만 하고 연락처나 이름도 묻지 못했다. 그분 덕분에 조금이나마 빨리 병원에 도착할 수 있었다.

도착하자마자 병원에서 CT 촬영을 했다. 의사는 부러진 척추는 문제가 아니라면서, 속립성결핵과 저체온증으로 오늘 밤을 넘기기 힘들다고 했다. 추운 곳에 오랫동안 서 계셨던 게 원인이었다. 급성으로 온 속립성 결핵은 6·25 때 못 먹어서 걸렸던 결핵의 일종으로 전염성도 높다고 했다. 마치 하늘에서 진눈깨비가 내리듯 세균덩어리가 눈 깜짝할 사이 폐를 하얗게 덮어버리는 병이다. 중환자실에 격리하고 집중 치료를 받아야 한다고 했다.
중환자실로 들어가신다는 전화를 받았을 때 나는 고속도로 위에서 차 안에 갇혀 있었다. 조바심에 전전긍긍하다가 버스에서 내렸다. 길병원 표지판만 보면서 낯선 길을 무작정 걸었다. 간신히 도착해서는 중환자실로 향하는 아버지 얼굴을 스치듯 잠깐 뵐 수 있었다.

세균덩어리가 줄어들지 않아서 계속 수면마취 상태로 치료를 받으셨고, 혈압이 높고 당뇨가 있어서 세 번이나 위험한 고비를 넘겼다. 혈압이 높아지면서 아버지는 섬망증세를 보이기도 하셨다. 그러다가 13일 만에 깨어나셨다.

눈을 뜨신 아버지는 그 '미소천사'의 연락처라도 물어봤으면 좋았을걸, 하시며 아쉬워하셨다. 앞이 안 보이게 눈이 내리는데 택시를 양보해 주고 눈 쌓인 길을 힘들게 걸어간 그 아주머니를 아버지는 '미소천사'라고 부르셨다. 너희들도 언제나 그 사람처럼 남을 배려하며 살라고 신신당부하셨다.

그분이 아니었으면 아버지는 그때 다른 세상으로 가셨을지도 모른다. 길병원에 무사히 도착할 수 있게 도와주신 그 미소 천사와 치료해 주신 김유진 담당 교수님께 다시 한번 감사드린다.

아버지는 한 달 동안 더 치료받은 후에야 척추 수술을 받으셨다. 수술 이후에 회복이 잘 되어 생활하는 데 큰 무리는 없었다. 비록 연락처와 이름은 모르지만 늘 그 미소 천사의 안녕을 기도한다.

# 땅끝마을 여행

따릉 따릉, 새벽부터 요란하게 전화벨이 울린다. 어디야? 출발은 했어? 수화기 너머에서 아버지의 다급한 목소리가 단잠을 깨운다.

친정 부모님이랑은 한 번도 여행 간 적이 없다. 내가 어릴 때는 농사짓느라 부모님이 눈코 뜰 새 없이 바쁘셨고, 또 결혼하고 나서는 아이들 키우느라 내가 정신이 없었다. 게다가 친정아버지의 생신이 여름휴가와 거의 맞물리기 때문에 해마다 여름휴가는 친정으로 간다. 생신을 핑계 삼아 자식들이 모이다 보면 친정 부모님의 휴가지는 집이 될 수밖에 없다. 어쩔 수 없이 평생 여름휴가를 반납하고 사셨다. 그러다 보니 친정 부모님 연세 앞에 8이라는 숫자가 자연스럽게 붙어버렸다.

문득 남편이, 더 늦기 전에 부모님 모시고 여행을 다녀와야겠다면서 급하게 계획을 잡았다. 시간이 여유롭지는 않았지만, 예전부터 꼭 한번 가보고 싶었던 땅끝마을을 여행지로 정했다.

직장 일에 얽매어 집안일은 해도 해도 줄지를 않는다. 아침 일찍부터 빨래하랴 청소기 돌리랴 야단법석을 떠는데 조바심이 난 아버지가 또 전화하셨다. 새벽밥 먹고 기다리다 지치셨다고 한다. 하던 일을 멈추고 서산으로 출발했다.

아버지는 원래 느긋한 성격에 꼼꼼하며 섬세한 분이다. 시장에 나가려면 버스를 타야 하는데, 하루 세 번밖에 다니지 않는다. 그렇게 버스 시간이 급해도 구겨진 셔츠나 바지는 꼭 다림질해서 입고 나가신다. 또, 어머니는 여행 다니는 것을 좋아하지만 아버지는 여행이나 외식을 싫어한다. 한 번씩 나가려면 어린아이 달래듯 아버지를 다독여서 나가곤 했는데 어찌 된 셈인지 이번에는 아버지가 우리를 더 기다리고 계셨다.


12시가 조금 넘어서 전라남도 해남으로 출발했다. 하나밖에 없는 외동딸과 사위와 함께 가는 여행이라 기분이 좋은지 아버지는 콧노래까지 부르신다. 부모님과 생애 첫 여름휴가를 떠나는 것이니 부모님 못지않게 나도 어린아이처럼 설레었다. 가로수 꽃을 보며 환호성을 지르고 가끔 보이는 터널 앞에서도 호들갑을 떠니까 여행을 데리고 떠나는 남편의 얼굴에 환한 미소가 가득하다.

"내 생전에 전라도를 가는 건 처음이다. 그것도 땅끝마을에 가다니 이게 꿈인가 싶다. 사위 덕에 이렇게 호강하다니⋯⋯."

"이제야 모시고 가게 되어서 죄송해요."

어머니는 두 가지 암 투병으로 고생하시고 아버지는 척추가 부러지는 사고로 오랜 시간 병원 생활을 하셨다. 지금 걸어 다닐 수 있는 것도 기적이라고 의사는 말했다.

서해대교를 지나 목포대교까지 가는 동안 터널이 나올 때마다 두 분은 소리를 지르며 좋아하셨다. 서산에서 출발하여 해남 땅끝마을에 도착하기까지 터널 18개를 다 손으로 세고 계셨다. 백일홍꽃이 만발한 것을 보고 아마도 전라도 사람이 충청도 사람보다 훨씬 더 부지런한 것 같다고 하며 웃으셨다. 우리의 첫 여행을 눈치채기라도 한 듯 고추잠자리도 춤을 추며 환영해 준다.

서산에서 출발해 7시간 만에 전라남도 땅끝마을에 도착했다. 남도의 가로수는 목백일홍이었다. 오후 6시, 벌써 바다 끝에서부터 해넘이가 아름답게 시작되고 있었다.

땅끝마을이라고 해서 작은 마을일 거로 생각했는데 동네가 아주 크고 아름다웠다. 마침 여름휴가철이라 사람들로 발 디딜 틈이 없었다. 머뭇거리다 보면 숙소 잡기가 힘들 것 같아서 숙소부터 예약했다. 일출도 보고 야경도 보기 위해 호텔을 잡았다. 부모님은 아마 호텔에서 주무시는 게 처음일 것이다. 호텔을 예약하고 조금 이른 저녁을 먹었다. 그런 다음 공원에 나가 열심히 사진을 찍었다.

여행에서 남는 건 사진밖에 없다는 생각에 부모님의 모습 하나하나를 놓치지 않으려고 계속 사진을 찍었다. 두 손을 모으고 기도하는 조형물 앞에서는 부모님을 그 조형물 안으로 들여보내고 사진을 찍었다. 아버지와 어머니는 동심으로 돌아가서 순박한 모습으로 포즈를 취하고 즐거워하신다. 수줍어하시는 부모님이 천진난만하고 귀엽게 보였다.

노을이 점점 짙어지면서 하늘이 붉게 물들었다. 그 풍경을 무대 삼아서 사진을 찍고 있는데 아버지 얼굴이 갑자기 어두워진다. 자세도 약간 부자연스러워 보인다. 혹시 저녁 먹은 것이 체했나 싶어 아버지 귀에 대고, 어디 아프셔요? 하고 여쭤봤다.

"아냐, 나는 기분이 아주 좋은데, 사람들이 다 지나가기를 기다려도 끝이 안 보여. 속상해서 그래."

나중에 들은 말인데, 젊은 사람들이 여기저기서 스마트폰으로 사진을 찍는데 아버지가 폴더폰으로 찍으면 딸인 나를 욕할 것 같아서 사람들이 빠지고 나면 찍으려고 기다리셨다고 한다. 아무리 기다려도 사람들이 없어지기는커녕 점점 더 많아져서 아버지 표정이 어두웠던 것이다. 아차 싶었다.

아버지께 전화기를 사 드린 지가 10년이 다 되어가고 있다는 사실을 까맣게 잊고 살았다. 바쁘게 산다고 핑계만 댄 것 같아서 가슴 아팠다. 부모님께 좋은 추억을 만들어 드리려고 떠난 여행인데 오히려 아버지의 마음만 상하게 만든 꼴이다.

'아버지! 이번 추석 때 스마트 폰으로 바꾸어 드릴 테니까 걱정하지 마시고 당당하게 찍으세요. 아셨죠?' 라고 말씀드렸다. 그제야 아버지의 얼굴에 화색이 돈다. 새 핸드폰 생각에 한결 기분이 좋아지셨나 보다.

평소에 아버지는 여행이나 외식은 낭비라고 싫다고 하셨다. 그게 진심이 아니라는 걸 이번 여행에서 알았다. 자식들 공부시키려고 허리띠를 졸라매느라 그렇게 말씀하신 거였다. 여행도 싫다, 먹고 싶은 것도 없다고 하신 그 말씀이 진심인 줄 착각하고 살았다. 자식 겉 낳지 속은 못 낳는다더니 아버지의 속내를 모르고 살았다. 아버지만 생각하면 가슴이 아프다.

아버지는 평생 직업이던 농부를 환갑이 되면서 그만두셨다. 이후 18년 동안은 경비 일을 하셨다. 척추가 부러져 일을 그만두고부터는 자식들이 드리는 용돈으로 생활하셨다. 생활비를 아끼려고 먹고 싶은 것, 가고 싶은 곳도 없다고 하셨다.

난생처음 호텔에서 잔다고 좋아하시면서, 씻는 걸 제일 싫어하시던 아버지가 계속 샤워를 한다. 8월이라 덥기는 했지만 그래도 아버지의 그런 모습이 낯설었다.

1박 2일의 일정이어서 우리는 부지런히 돌아다녔다.

두 번째 날은 백제 시대 때 창건되었다는 대흥사에 도착하였다. 먼저 대웅전에 들러 부처님께 인사하려고 법당으로 들어서

니 다리가 아파 걷기도 힘들던 어머니가 먼저 부처님께 9배를 하신다. 땀범벅이 되신 어머니께 "너무 무리하시지 마셔요" 했더니 "내 생전에 언제 또 이 법당에 들어오겠니?" 하며 웃으셨다.

내려오는 길에 어머니의 뒷모습을 보니 허리가 땅바닥에 닿을 정도로 구부러져 있다. 안쓰러워 속이 상했다.

두륜산 국립공원 전망대까지는 케이블카로 올라갔다. 케이블카에서 내린 부모님은 나무 계단을 하나하나 세면서 전망대까지 올라가셨는데, 계단이 295개라고 하시며 좋아하셨다. 마치 수학여행 온 학생들처럼. 두 분은 우리가 모르는 또 하나의 추억을 쌓아가고 있었던 모양이다.

두륜산에서 내려온 다음 무안으로 가서 세발낙지와 연포탕, 호롱 구이를 먹었다. 덥고 맵고 뜨거워서 땀을 뻘뻘 흘렸다.

오래도록 함께 있고 싶었지만, 시간이 여유롭지 않아서 아쉬움을 뒤로한 채 돌아왔다.

아이들처럼 맑게 웃고 좋아하시는 두 분을 바라보며 앞으로는 자주 부모님을 모시고 다녀야겠다고 다짐했다. 아버지께 약속드렸던 스마트폰도 추석 선물로 사 드렸다. 스마트폰 터치 방법을 묻는 전화벨이 시도 때도 없이 울렸다. 그것은 아버지가 살아계신다는 증거였다.

# 또 와

'벌써 갈 시간이 됐어? 또 와.'

항암 치료로 녹초가 되셨는데도 아버지는 자식들과 헤어지기 싫어서 계속 또 오라고 하셨다.

평소에는 아프지도 않고, 먹고 싶은 것도 없다던 아버지가 하루가 다르게 야위어 가는 모습이 가엾어서 볼 수가 없었다.

아버지는 운동과 산책을 좋아하셨다. 특히 걷는 걸 좋아하셨다. 매일 계단 50개를 걸어서 건넛마을 개장수 집까지 놀러 다니시곤 하셨다. 노인정에 가면 어른들이 화투만 치고 있어서 재미없는데 건넛마을 개장수는 젊어서 그런지 대화가 잘 통한다며, 건넛마을로 마실 가는 게 밥 먹는 것보다 더 좋다고 하셨다.

개장수는 아버지보다 20년이나 젊다. 개장수 입장에서 보면 오히려 아버지가 부담스러울 수도 있을 것이다. 내가 그런 말을 하면 아버지는, 아니야. 그 사람 친구들은 다 그 사람보다 나이가 스무 살은 더 많더라, 하신다. 심심해하는 어른들이 부모님처럼 느껴져서 챙겨드린 게 아닌가 싶다. 마음이 착하고 따뜻한 분임이 틀림없다. 참 고마운 분이다.

할 일 없는 노인들은 그곳에서 하루 종일 놀다가 어슴푸레 저녁이 되면 각자 집으로 돌아갔을 것이다. 그렇게 매일 맞부비고 지내면 없던 정도 들게 되지 않을까. 경비원 일을 하실 때도 아버지는 쉬는 날이면 50개의 계단을 왕복으로 걸어서 개장수한테 놀러 갔다. 그래서 누구보다 건강하다고 자부하셨다. 살 빠진 것 말고는 아픈 곳이 없다고 하셨다.

2017년 3월, 아버지는 살면서 처음으로 건강검진을 받으셨다. 힘이 없고 어지럽고 식욕이 없어서 병원을 찾으셨던 거다. 검진한 의사는 큰 병원에서 재검진받는 게 좋겠다고 했다. 그날로 구급차에 실려서 길병원에 입원하셨다. 길병원에는 7년 전에 어머니의 대장암 수술을 해 주신 교수님이 계셨다. 그분을 믿고 우리들은 마음 편히 아버지를 모실 수 있었다.

CT 검사 결과 대장암 말기였다. 이미 간과 폐에 전이되어 수술도 할 수 없는 상태였다.

부지런한 아버지는 근검절약을 미덕으로 삼고 아파도 병원을 멀리하셨다. 병원에 가면 쓸데없이 이것저것 검사해서 진료비만 부풀려 받는다고 생각하셨다. 암이 발생해서 말기까지 진행되는 동안 통증도 심하고 컨디션이 많이 안 좋았을 텐데 그냥 참았던 것 같다. 자식이 다섯이나 되는데도 누구 하나 아버지의 건강을 신경 쓰지 못했다.

의사는 6개월에서 1년 정도는 산다면서 노인들은 다행히 젊은 이처럼 암이 잘 퍼지지 않는다는 말로 희망을 품게 하셨다. 아버지께서 주변 정리를 할 수 있도록 병명을 알려주라고 했지만 나는 반대했다. 아버지는 자존심이 강하고 고집이 세다. 말기 암 환자라는 사실을 알면 그나마 버티던 정신력이 무너질지도 모른다. 치료를 거부할 건 불 보듯 뻔한 일이다. 끝까지 희망을 놓지 않고 치료받으시길 바랐다. 그래서 병명은 모르게 하고 최선을 다해서 치료해 달라고 부탁드렸다.

입원해 있는 동안 꾸준히 치료를 잘 받으셨고, 건강이 많이 회복되어서 5월 중순에 퇴원하셨다.


살고 싶은 의지도 강하고 정신력도 강한 아버지는 매일 아파트 복도를 걷고 또 걸었다. 아버지는 어머니 때문에라도 버티려고 노력하셨다. 누가 봐도 말기 암 환자처럼 보이지 않았다. 그래서 나는 속으로 예전에 내가 그랬던 것처럼 아버지의 암도 오진일 거라고 믿었다. 하지만 암 덩어리는 짧은 시간에 간으로 전이되었고, 황달 현상을 보였다. 간이 나빠지니 변비에 걸리고 또 황달 수치가 높아서 어지럼증 때문에 외부 활동을 못 하고 계속 누워만 계셨다. 땅끝마을 여행 사진을 보는 재미로 하루하루를 보내셨다.

대장에 두 번이나 스텐트 삽입술을 했다. 또 황달 수치를 떨어 트리려고 간에도 스텐트 삽입술을 했다. 황달 수치는 조금씩 떨 어졌지만, 아버지는 날이 갈수록 점점 더 쇠약해지셨다. 아버지 는 가끔, 느닷없이 '나 암이지? 그렇지 않으면 이렇게 길게 누워 있겠어?' 하셨다. '아니야. 간에 염증이 조금 심해서 그렇대요. 다른 걱정은 하지 마서' 하며 말끝을 흐렸다.

항암치료와 폐렴 치료를 병행하기 때문에 통증이 엄청 심했 을 텐데도 옆에 있는 아내와 자식들 걱정 때문에 무조건 아픈 데가 없다고 하셨다. 심지어 병상에서 하루만 지나면 '병원비는 얼마래? 이번 병원비는 누가 냈어?' 하고 묻기까지 했다. '아버 지 이번엔 제가 계산했어요.' 하면 오른쪽 손가락으로 둥근 원 을 그려서 오케이, 그러면서 미소 짓는다. 아버지 주머닛돈이 나 가지 않은 게 기쁜 모양이다. 그때야 깨달았다. 아버지는 당신이 회복할 수 없는 병에 걸렸으며 치료하기도 힘들고, 또 치료하려 면 큰돈이 들어간다는 사실을 이미 알고 계셨던 것이다. 그 이유 로 아프다는 사실을 가족들에게 알리지 않았던 거다.

통증이 너무 심해서 스스로 암을 의심하고 있었다는 걸 나중 에 아버지의 일기장을 보고 알았다.

아버지는 신문 읽으며 스크랩도 하시고, 일기와 가계부를 매일매일 쓰셨다. 일기장에는 몹시 아픈 날, 행복한 날, 즐거운 날, 슬픈 날 등을 자세히 기록해 놓으셨다. 친정에 갔을 때 내가 가끔, '일기와 가계부 검사 좀 할까요?' 하면 아버지는 스스럼없이 흘림체 한문이 빼곡히 적힌 노트를 꺼내 준다. 일기를 보면 그날의 날씨부터 방문한 사람, 먹거리까지 아주 자세히 적혀 있다. 누가 무엇 때문에 친정집을 방문했는지, 언제까지 있었는지, 한눈에 다 알 수 있다. 친정집의 가장 자세하고 정확한 뉴스라고 봐도 된다.

아버지의 절약 정신은 자린고비도 울고 갈 정도이다. 소식小食하는 어머니가 자장면이 먹고 싶다고 하면 꼭 한 그릇만 시킨다. 어머니는 양이 적어서 두 분이 먹고도 남는다는 사실을 익히 알고 있기 때문이다. 남는 음식을 버리는 것 또한 죄라고 생각하셨다. 카드를 쓰거나 외상을 해 본 적도 없다. 동네 주막에서 유일하게 외상값 없는 집은 우리 집뿐이라고 했을 정도다.

투병 중에도 병상의 침대에서 꾸준히 가계부를 적으셨다.

가장의 의무를 다하기 위해 혼자서 외로우셨을 아버지를 생각하면 가슴이 미어진다.


아버지가 투병하는 동안 나는 매일 안양 집에서 안산 가게로, 다시 안산 가게에서 인천 길병원으로 출퇴근했다. 주말이면 두 번씩 다녀오기도 했다. 다람쥐 쳇바퀴 돌 듯 돌고 또 돌았다. 수건을 빨아서 얼굴과 온몸을 닦아드렸고, 말동무도 해드렸다. 그게 내가 할 수 있는 최선이었다.

매일 얼굴을 보여드리는 것으로 효도할 수 있게 기회를 주신 내 아버지가 참 고맙다. 외동딸을 매일 보는 게 좋으시면서도 아버지는 '장사하는데 어찌 그렇게 매일 오니? 하루씩 걸러서 와'라고 하셨다. 한 달에 딱 두 번은 꼭 목욕을 시켜달라시며 손가락까지 걸고 약속했다. 간호사가 엉덩이 주사를 놓으려고 해도 부끄러워하던 아버지는 '우리 딸이 목욕시켜 주니까 이렇게 시원한걸' 하시며 좋아하셨다.

"아휴 참 시원하다. 내일도 닦아줘. 또 올 거지? 네가 닦아주니까 아주 시원해."

"알았어요. 내 손이 좀 약손이긴 하지. 내일 또 올게요."

아버지랑 이런저런 얘기를 나누다 보면 금세 막차 시간이 다가온다. 외동딸 보내기가 아쉬운 아버지는 힘없이 '또 와' 하시며 손 인사를 한다.

거목만큼이나 크고, 늘 내 울타리가 되어주시던 아버지가 어린아이처럼 작아져서 힘없이 눈꺼풀만 움직이는 모습이 가슴 저리고 아팠다.


동생과 나는 마침 여름휴가였다. 우리는 할 수 있는 만큼 긴 시간을 병원에서 아버지와 지냈다. 저녁에 헤어지는데 아버지가, 어머니와 가족들이 걱정된다고 말씀하셨다. 다른 날보다 더 힘이 없고 서운해하셔서, 동생이랑 나는 다음날은 좀 더 일찍 병원에서 만나자고 약속했다. 내일 또 와, 하시며 눈물이 핑 돌던 아버지의 마지막 모습이 지금도 생생하다.

'또 와'

아버지가 내게 마지막으로 하신 말씀이다.

의사는 1년을 바라봤지만, 아버지는 5개월밖에 못 버티셨다. 아무리 정신력이 강하고 의지가 굳은 아버지도 암세포의 번식력 앞에서는 무릎을 꿇을 수밖엔 없는 모양이다.


아버지는 어느 날 마침내 투정을 부리셨다. '네 엄마가 내 누런 봉투를 안 줘서 몹시 기분 나빠'고 하시며 병아리 눈물만큼 마시던 우유마저 안 먹겠다고 시위하셨다. 그 봉투 속에 무엇이 들어있는지 여쭈었더니 '내 아버지 사진이 들어 있어' 하신다. 아버지가 세 살 때, 할아버지는 한강에서 풍랑으로 배가 뒤집히는 사고를 당하셨다. 그래서 유해도 못 찾았다. 물론 사진한 장도 없었다. 그런데 사진이 있다고 말씀하신 건 섬망이다. 아마 아버지가 곧 떠나실 거라는 암시였을 텐데, 무지한 우리들은 눈치를 채지 못했다.

누런 봉투는 내가 꼭 찾아드릴 테니 우유 한 모금만 마시자고 겨우겨우 달랬더니 정말 딱 한 모금만 마셨다. 그리고 나서는 허공을 멍하니 바라보셨다. 무슨 생각을 하는지 여쭈어봤더니 '나 죽으면 네 어미 무서워서 못 살 텐데 어떻게 하지?' 라며 눈시울을 붉히셨다.

새벽부터 시작된 호흡곤란으로 눈을 뜨지 못하던 아버지는 삼복더위가 기승을 부리던 한낮에 하늘나라에 계신 할아버지 곁으로 가셨다. 떠나시는 그 순간까지도 어머니 걱정을 하셨다.

# 일공이공

　의사의 오진으로 힘들었던 경험이 있어서 지금도 의사 말을 잘 믿지 못한다. 습관처럼 질문을 반복한다.

　고등학교 2학년 때 갑자기 무릎 통증이 심해서 걷지를 못했다. 쉽게 병원에 가지 못하던 시절이라서 참고 견뎠다. 체육 시간과 교련 시간에는 무조건 나무 그늘 밑에서 수업을 참관했다. 통증이 심해서 죽을 것 같은데도 친구들은 그런 나를 몹시 부러워했다. 그늘에서 쉴 수 있다고.

　그렇게 여러 날이 지나자 담임 선생님이 조용히 부르시더니, 아픈 거 참지 말고 진료부터 받으라고 하셨다. 문제가 있다고 생각하신 것 같다.

　서산 시내에 있는 병원에 갔다. 원장님은 나를 침대에 뉘어 놓고 무릎을 구부려 보라고 하더니 작은 쇠망치로 무릎을 서너 번 툭툭 치셨다. 그런 다음 퇴행성관절염이라는 진단과 함께 오이씨처럼 생긴 알약 하나를 처방해 주었다. 그 약을 1주일 동안 먹고 다시 오라면서, 많이 걷거나 무리한 운동은 절대 하지 말라고 강조했다. 잘못하면 걷지 못할 수도 있다고 무섭게 말씀하셨다.

1주일 뒤는 바로 10월 20일. 그날은 고등학교 시절의 꽃이라 부르는 수학여행 가는 날이었다. 일단 부모님께는 1주일 동안 약 먹으면 낫는다고 새빨간 거짓말을 하고 수학여행을 떠났다.

태어나서 처음으로 부모님께 거짓말을 했다. 무릎 때문에 고생했지만, 2박 3일의 수학여행은 정말 즐겁고 재미있었다.

내가 좋은 추억을 보따리로 쌓고 있는 동안 부모님은 새까맣게 속을 태우고 계셨다. 책상 위에 있던 내 일기장을 보신 것이다. 걷지 못할 수도 있다는데 병원 대신 수학여행을 갔으니 얼마나 놀라셨을까 싶다. 수학여행에서 돌아오자마자 거짓말 한 죄로 밤새 무릎 꿇고 벌을 섰다.

무릎은 더 이상 아프지 않았다. 1주일 동안 약만 먹었을 뿐인데 지금까지 잘 걸어 다니는 걸 보면 분명 오진이라고 생각했다.

내가 의사 말을 잘 믿지 않았던 것처럼 내 아버지도 그러셨다. 그게 화근이다. 어머나 자식을 위해서는 아무것도 아끼지 않던 분이 본인은 건강검진을 단 한 번도 받지 않았다. 병원비가 아깝다고. 조금만 자신을 위해 신경 쓰고 의사 말을 듣고 관리했더라면 좋았을 텐데.

2017년 10월 20일, 우리는 아버지가 떠나시고 상속 문제로 고향 집에 모였다. 아버지가 평생 아끼며 일궈놓은 재산을 상속받기 위해서다.

세상에 태어나서 난생처음 거짓말을 하여 아버지와 어머니의 애간장을 녹였던 그 옛날 10월 20일과 아버지가 떠나셔서 가슴이 아프고 저린 그해 10월 20일은 내가 이 세상을 떠날 때까지 영원히 잊지 못할 날로 기억될 것이다.

# 내 나이가 어때서

"야 야 야 내 나이가 어때서 사랑에 나이가 있나요. 마음은 하나요 느낌도 하나요 그대만이 정말 내 사랑인데 눈물이 나네요. 내 나이가 어때서 사랑하기 딱 좋은 나인데."

가수 오승근이 부르는 이 노래는 어머니의 애창곡이다. '사랑하기 딱 좋은 나인데' 하는 부분에서는 당신 오른쪽 엉덩이를 툭 치면서 '이 노래는 여기가 포인트야' 라고 말씀하셨다. 대장암 판정을 받고 병원에 입원해 있는 아버지에게도 어머니는 이 노래를 자주 불러드렸다. 아버지는 네 엄마가 '노인정에 가고 싶은데, 내 수발하느라 못 가니까 저렇게 노래를 부르는 거' 라고 설명해 주셨다.

그때는 이해하지 못했다. 후에 어머니가 입원 치료를 받으실 때야 그 뜻을 알게 되었다.

노인정에 모인 어른들은 매일 '내 나이가 어때서' 노래를 따라 부르면서 가볍게 스트레칭했다고 한다. 손뼉 치고 또 고스톱

치고 윷놀이도 하면서 그렇게 30년을 보냈으니, 그곳이 얼마나 그립고 또 궁금했을까. 그래서 엄마는 시간 날 때마다 '내 나이가 어때서'를 불렀던 것 같다.

항상 긍정적이고 끼와 에너지가 넘치는 어머니는 2020년 12월, 급성골수성백혈병이란 진단을 받고 넉 달 동안 병원에서 입원 치료를 받았다. 병실이 1인실이라 사람이 그립고 외로웠던 어머니는 간호사나 간호조무사를 붙잡고 '혹시 내 나이가 어때서란 노래 알아? 한 번만 불러 줘.' 하며 어린아이처럼 떼를 쓰기도 했다.

아버지가 대장암 말기라는 사실을 알았을 땐 너무 늦어서 수술조차 해보지 못하고 긴 이별을 했다. 어머니는 적어도 아버지처럼 허망하게 보내지 않으려고 형제들이 똘똘 뭉쳐 어머니의 건강을 체크했지만 마음대로 안 되는 게 더 많았다.

시골에서 혼자 지내시다 보니 귀찮거나 몸이 아플 때는 밥 굶기가 일쑤였다. 아무리 아파도 자식들이 걱정할까 봐 절대로 티를 내지 않았다. 아버지랑 성격이 똑같다. 두 분은 항상, 먹고 싶은 것도 가고 싶은 곳도 없다, 나는 건강하니까 걱정하지 말라, 하면서 손사래를 치셨다.

자식들이 자주 찾아간다고 해도 고작 한 달에 한 번이고, 또 일이 있다는 핑계로 한 달씩 미루기도 했다. 엎친 데 덮친 격으로 코로나가 심해지면서부터 안양과 서산을 버스로 오가는 게 점점 더 어려웠다. 아침저녁으로 통화는 하니까 웬만하면 음성으로 컨디션을 알 수 있을 법한데, 팔십 중반인 어머니의 목소리는 은쟁반의 옥구슬이었다. 심하게 아프지 않으면 목소리로는 도저히 상태를 짐작할 수 없었다.

그해 7월에는 어머니 집에 도배와 장판을 바꿔드리느라, 이른 새벽부터 밤 10시까지 가까운 곳으로 여행하며 하루를 보냈다. 그때도 컨디션이 아주 좋으셨다. 더워도 자식들이랑 놀러 다니며 맛있는 거 먹으니 세상 부러운 것도 없고 또 집이 깨끗해지니까 너무 좋다고 하셨다.

12월 엄마 생신날에는 형제들이 모두 한자리에 모이기로 했다. 어머니는 그날까지 아픈 걸 숨기셨다. 자식들이 모이면 병원에 가려고, 올 때까지 기다렸다고 한다. 아마 엄마는 그때 이미 오래 살지 못할 거라는 걸 짐작했던 모양이다. 자식들에게 줄 세뱃돈을 미리 준비해 놓으셨다.

다행히 천안 사는 셋째 아들이 먼저 도착해서 응급실로 모셨다. 담당 의사는 대학병원으로 가지 않으면 바로 돌아가신다고 하면서 인하대 병원으로 이송시켜 주었다. 어머니는 그곳에서 넉 달 동안 치료받으셨다.

암세포가 활동하는 건 노인들보다 젊은이들이 빠르다고 알고 있었는데 꼭 그런 건 아니었다. 어머니의 암세포는 젊은이들보다 훨씬 빠르고 활발히 움직여서 담당 의사를 놀라게 했다. 암세포 수가 11만이 넘었다. 의사는 살아계신 게 기적이라고 하였다.

그 상황에도 어머니는, 야 야 야 내 나이가 어때서, 하며 신나게 노래를 불렀다. 그러면 나는 '눈물이 나네요. 내 나이가 어때서'라고 화답했다. 엄마는 '야! 그 노래는 엉덩이를 탁 때리면서 힘차게 불러야지, 젊은 애가 왜 그렇게 힘이 없냐?' 하셨다. 힘들어도 내색하지 않고 잘 참고 견디셨다.

꽃을 좋아하고 수줍음이 많던 내 어머니는 벚꽃이 흐드러지게 핀 2021년 4월 5일 식목일에, 왜 이렇게 시간이 안 가느냐며 자꾸 시계만 바라보다가, 저녁별이 되셨다.

오른쪽 엉덩이를 '탁' 치면서 '야 야 야 내 나이가 어때서 사랑하기 딱 좋은 나인데'라며 흥얼거리던 어머니의 목소리가 아직도 내 귀에 생생하다.

별이 되신 사랑하는 내 어머니, 그립고 보고 싶다.

# 울어야 할지 웃어야 할지

장례식장에서 상주 자리에 있다 보면, 구멍 난 양말을 신고 오는 조문객을 종종 본다고 한다. 물론 양말에 구멍이 날 수도 있다. 그런데 엄숙한 장례식 분위기에서도 구멍 난 양말을 보면 웃음을 참을 수가 없다.

내 아버지의 장례식장에서는 구멍 난 양말보다 더 큰일이 벌어졌다. 웃음을 참지 못하고 박장대소하는 사건이 터진 것이다. 속사정을 모르는 손님들이 보면 오해하기 딱 좋은 광경이었다. 하필 그것도 발인하기 직전에 일어난 일이다.

새벽에 상주들이 아침 식사를 했다. 그리고 오빠를 포함한 남자들은 밖에 있는 남자 화장실에서 양치질했다. 그때 갑자기 웩웩하는 외마디 비명이 들렸다. 순간 장례식장의 직원들과 우리 여자들은 남자 화장실로 우르르 몰려갔다. 오빠랑 남동생이 입을 딱 벌린 채 눈물을 흘리며 웃고 있었다.

나이가 제일 어린 막내 올케가 틀니를 했는데, 틀니 접착제가 치약이랑 똑같이 생겼다. 오빠랑 동생이 그걸 치약으로 착각하고 칫솔에 가득 짜서 양치했다. 입에 넣는 순간 칫솔이 이빨에 쫙 달라붙고 말았다.

아버지를 보내드리는 발인 날 아침부터 우리 가족은 울다가 웃기를 반복했다. 장례식장 직원들도 어쩔 수 없이 덩달아 웃고 말았다. 남들이 보기엔 아버지가 돌아가신 걸 좋아하는 불효자식, 패륜아 같았을지도 모르지만, 위트 넘치시는 내 아버지는 우리 모습을 보면서 큰 소리로 웃으셨을 게다.

아버지는 암 투병 중에도 유머를 잃지 않으셨다. 농담과 아재 개그로 늘 병실을 밝게 만드셨다.

"이 많은 걸 어찌 먹어. 방에 있는 사람들 하고 나눠 먹을까."

장 검사를 위해 먹어야 할 약을 보며 아버지가 하신 말씀이다.

대장암이 간으로 전이되어 수술도 못 하고, 암 덩어리가 항문을 막고 있어서 마음대로 대변을 보지 못하실 때였다. 대변을 편하게 볼 수 있게 하려고 암 덩어리에 스텐트 관을 삽입했는데 딱딱하게 굳어버린 암 덩어리가 스텐트 관이 자력으로 펴지는 것을 방해했다. 쌓여가는 대변이 빠져나오게 하려면 다시 수술이 필요했다. 수술을 위해서 관장약을 먹고 대변을 빼냈지만 깨끗하지 않아서 2차로 관장약을 또 먹어야 했다.

약은 양도 많고 냄새도 고약스럽다. 먹기가 힘이 드셨는지 꿈틀대던 아버지의 유머 감각이 또 발동했다. 주사약을 들고 들어온 간호사한테 '간호사님도 한잔해.' 하셨다. 그 바람에 암 투병 중이던 다섯 명의 환자와 보호자들이 박장대소를 하고 말았다. 그렇게 한바탕 웃음바다를 만들고 난 뒤에는 병문안을 온 작은 며느리에게도 '너도 한잔해' 라고 2차 폭소를 터트리셨다. 유머 감각만큼은 정말 젊은이들 못지않으셨다.

아버지가 심심하지 않게, 우울증이 생기지 않게, 혼자라는 생각이 들지 않게 하려고 매일 병원을 찾아갔다. 영원한 짝꿍인 어머니도 아버지의 껌딱지가 되어 스물네 시간 내내 붙어 있었다.

두 번이나 힘들게 관장약을 복용하고 2일간 금식하며 수술 준비를 했지만, 피가 탁해서 예약된 월요일은 수술하지 못했다. 날짜를 목요일로 옮겼다. 수요일쯤 다시 관장약을 복용해야 했다. 그때도 아버지는 담당 교수님께 '한잔하실래요?' 라고 말씀하지 않으셨을까.

그뿐 아니라 아버지는 눈을 치켜뜨고 흰자위만 나오게 해서 어머니를 놀라게 하셨다. 어머니가 '악' 하고 소리를 지르면 그제야 눈을 똑바로 하고 웃으셨다. 하품하는 것처럼 입을 크게 벌리고 있다가 내가 '왜, 어디 아프셔' 하고 물으면 '아니, 너 재미있으라고' 그러셨다.

아마 장례식장에서 그런 해프닝이 벌어진걸, 그래서 자식들이 잠시나마 슬픔을 잊고 웃어댄 걸 분명 좋아하셨을 거다.

　사람은 망각의 동물이라고 하더니 어머니의 장례식장에서도 똑같은 일이 벌어졌다. 코로나19가 극심할 때 어머니는 하늘의 별이 되셨다. 아버지의 장례식 때 문제를 일으켰던, 그 치약처럼 생긴 막내 올케의 틀니 접착제 폴리 덴트를 오빠가 또 칫솔에 묻히고 말았다. 4년 전 일이 생각나지 않느냐고 물었더니 정신없어서 깜빡했다고 한다. 아버지 때처럼 똑같은 일이 벌어졌으니 웃지 않을 수 없었다.

　어머니의 장례식 때는 코로나 때문에 가족들 외에 외부 손님이 별로 없어서 다행이었다. 시력이 좋은 내가 얼핏 봐도 치약과 비슷해 보였다. 더군다나 오빠는 시력이 나빠서 똑같다고 생각한 것 같다. 어머니의 장례식에서도 아버지의 발인 날처럼, 상주인 자식들이 울다가 웃기를 반복하였다. 외부 손님들이 많았으면 망신살이 뻗칠 뻔했던 사건이다. 그런 일이 없었다면 올케가 틀니를 했다는 것도 전혀 모르고 살았을 텐데, 폴리 덴트 때문에 틀니를 들켜버렸다.

　어머니는 하늘나라에서 우리들의 철없는 행동을 보시며 '에구구 이 칠푼이들' 이라고 말씀하실 것 같다.

# 어머니와 솜이불

오늘처럼 비가 오는 날이면 어머니가 만들어 주신 따뜻하고 포근한 솜이불이 생각난다.

목화는 문익점 선생님이 중국에서 목화씨를 붓 통에 몰래 숨겨 가지고 들어온 것부터 유래되었다. 원산지는 열대지방이지만 섬유작물이라 온대지방에서도 재배한다. 여름을 좋아하는 목화는 3~4월에 파종해서 한 달 정도 지나면 싹이 돋기 시작한다. 조금 서늘한 곳에서는 더디게 5월부터 싹이 나오고 6월부터는 따뜻해서 무럭무럭 잘 자란다. 7월 말이면 꽃이 피기 시작하는데 서리가 내릴 때까지 핀다. 목화꽃은 아침에 황백색으로 피고 오후에 핑크색으로 시들어가는 하루살이꽃이다. 꽃이 진 후에는 목화 열매가 생긴다. 이것을 다래라고 한다.

10월이면 이 다래가 쫙 퍼지면서 하얀 솜사탕 같은 목화솜이 주렁주렁 열린다. 목화솜이 활짝 핀 모습은 마치 솜사탕 같다.

어렸을 때는 간식거리가 귀해서 다래를 참 많이 따 먹었다. 연초록색의 다래를 입에 넣으면 살짝 단맛이 나면서 입안이 상큼하다. 박카스 맛처럼 청량해서 먹고 또 먹어도 질리지 않았다. 동생과 나는 이웃의 병철이 집에 갈 때마다 목화밭을 그냥 지나치지 못했다. 목화밭에 주저앉아서 다래로 허기를 채운 다음에야 병철이 집으로 갔다. 오죽하면 어머니가 회초리를 들었을까. 어머께 회초리로 맞아본 건 그때가 처음이다. 한 해 농사를 망치면 안 된다고 하셨다.

나보다 일곱 살 어린 막냇동생이 젖을 빨다가 젖꼭지를 물어 뜯어서 엄마가 젖몸살을 아주 심하게 앓으신 적도 있다. 아마 엄마 젖이 낮에 먹었던 맛있는 다래라고 착각한 모양이다. 그때 그렇게 생각했다.


가을이면 어머니는 저녁마다 물레에 목화씨를 앗았다. 목화를 조금씩 넣으면서 물레를 돌려주면 토끼 똥처럼 까만 씨앗이 똑똑 떨어진다. 씨를 뺀 목화솜은 아기 피부처럼 희고 부드럽다. 그것을 하얀 자루에 차곡차곡 담으면서 어머니는 행복한 미소를 지으셨다.

어렸을 때는 그 솜으로 무엇을 만드는지 제대로 알지 못했다. 스물넷에 약혼하면서 혼수 이불을 만들 때 솜을 넣는다는 것을 알았다.

외동딸인 나를 시집보낼 때 어머니는, 아들 낳은 동네 아주머니들 대여섯 명을 모시고 그동안 모아두었던 목화솜을 꺼내서 방 안 가득 펼쳐놓았다. 이불과 요 두 채씩, 그리고 시부모님 이불과 요를 꼬박 이틀 동안이나 만드셨다. 손수 농사지은 솜으로 정성 들여서 만들어 주신 원앙금침이다.

그 귀한 솜이불은 내가 결혼해서 경기도에 둥지 틀고 25년 동안이나 나와 동고동락했다. 그러는 동안 딱 한 번 이불공장에 다녀왔다. 그곳에서 군살을 뺀 솜이불은 나랑 3년이나 더 살았다.

따뜻하고 포근한 건 말할 수 없이 좋은데, 하루에 두 번씩 접었다 피는 것이, 허리디스크인 내가 감당하기는 너무 힘들고 버거웠다. 할 수 없이 남편을 설득해서 버리기로 했다.

어머니가 십수 년 동안 흘린 땀과 정성이 들어있고, 30년 가까이 동고동락했던 정든 솜이불을 그냥 버릴 수는 없었다. 어머니의 흔적을 쓰레기장에 차마 버릴 수 없어서 하얀 비닐봉지에 넣은 다음 '손수 만든 솜이불'이란 쪽지를 붙여 놓았다. 혹시 필요하시면 가져가라는 뜻이었다.


고향에서도 이제는 목화 농사를 짓지 않는다. 핵가족화 시대에 난방시설이 잘되어서 한겨울에도 실내에서 반소매 옷을 입고 산다. 시대의 변화에 따라서 우리들의 생활방식도 편리하게 바뀌었다. 옛날처럼 솜이불이 아니어도 따뜻하게 지낼 수 있다.

마을 한편에 솜사탕처럼 하얀 목화꽃이 피어나던 그때 그 시절이 한없이 그립다. 물레에서는 목화씨가 토끼 똥처럼 똑똑 떨어지고, 눈이 부시도록 하얀 목화솜을 자루에 차곡차곡 담으시며 행복해하시던 어머니의 모습이 눈에 선하다.

어머니는 고명딸을 위해서 몇 해 동안이나 목화 농사를 지었는데 나는 딸들의 혼수를 위해 무엇을 준비해야 하나, 생각만 해도 눈앞이 캄캄하다.

# 쓰르라미

쓰르라미 우는 곳이면 어디나 고향 같다. 쓰르라미 울음소리는 언제 들어도 어머니 품속처럼 푸근하게 느껴진다. 개천과 바다가 만나는 포구에 집이 있어선지 여름이면 유난히 쓰르라미의 울음소리를 많이 들었다.

쓰르라미는 저녁매미라고 부르기도 한다. 저녁때가 되면 더더욱 왕성하게 울어대기 때문이다. 특히 비가 그친 후 날이 개면 쓰르라미 울음소리가 더 크게 들린다. 최후를 맞아 이별을 고하는 것처럼……. 쓰 르 쓰 르 쓰 르 르 르……. 어려서 많이 듣던 익숙한 소리라서 그럴까. 쓰르라미 울음소리를 들으면 머릿속까지 맑아지는 느낌이다.

쓰르라미가 울 때면 고향에서는 가족들이 벚나무 아래 둘러앉아 삶은 감자와 찐 옥수수를 먹으며 담소를 나누곤 했다.

올여름은 유독 비가 많이 내렸다. 3일 동안 내린 비가 1년 내릴 비의 절반이라고 한다. 안양에서 25년을 살았는데, 그동안 매일 지나다녔던 안양천도 물이 넘쳐 수난을 겪었다.

수마가 할퀴고 지나간 뒤에도 천변 길섶에서 여전히 쓰르라미 울음소리가 들린다. 폭우 속에서도 용케 살아남아 목청을 돋우는 쓰르라미의 울음소리가 구슬프다. 난데없는 폭우로 재난을 당하고 망연자실한 수재민처럼, 어쩌면 쓰르라미도 부모 형제와 터전을 잃고 슬퍼하는 건지도 모르겠다.

연일 쏟아지는 폭우로 우면산이 무너지고, 사방에서 물난리를 겪으며 많은 인명 피해와 재산 피해를 보았다. 뉴스를 통해 자연의 재해를 보면서 내가 할 수 있는 일이란 고작 성금을 조금 내는 일뿐이다.

만약 그 많은 비가 가파른 고향 집 뒷동산에 내렸다면 어찌 되었을까. 생각만 해도 간담이 서늘하지만, 다행히 내 고향 서산엔 비가 많이 내리지 않았다.

잠깐씩 비가 그치는 사이사이로 고추잠자리 떼가 맴을 돌고 있다. 마치 가을을 재촉하는 서곡에 맞춰 무도회를 여는 것 같다. 비가 그치고 나니 쓰르라미와 풀벌레들의 울음소리가 더더욱 정겹다. 내 마음은 어느새 집 앞마당 벚나무 그늘에, 밀짚 멍석 위에 누워있다. 어머니 품처럼 따뜻한 고향의 정취를 흠뻑 느끼며 쓰르라미 울음소리를 자장가 삼아 스르르 잠이 든다. 어머니 냄새가 나는 것 같다.

Ⅳ. 푸른색 누비처네

# 사임당처럼은…

고등학교 때 신사임당에 대한 책을 읽었다. 그 후부터는, 이다음에 커서 뭐가 되고 싶냐는 물음에 사임당처럼 살고 싶다고 대답했다. 시와 서예에 뛰어난 재능을 가졌고, 조선시대를 대표하는 여인. 벼슬하지 못한 남편을 내조하면서 일곱 남매를 너무 훌륭하게 잘 키운 사임당. 이율곡같이 훌륭한 아들을 키워낸 그분의 모습이 너무 아름답게 보였다. 조선시대는 남성의 권리를 여성보다 위에 두었던 사회. 아내를 내쫓을 수 있는 일곱 가지 조건인 칠거지악七去之惡 중에는 '아들을 못 낳는 무자無子'도 포함되어 있다. 그런 시대를 살았으면서도 그분은 목소리를 낮추거나 또 주눅 들지 않았다.

사임당처럼 당당하게 세상을 살고 싶은 욕망이 내 안에 잠재해 있었던 것 같다. 그러면서도 나는 하고 싶은 것, 배우고 싶은 마음을 드러내거나 표현하지 못하고 바보처럼 그냥 눈치만 보며 살았다.

그래서였을까. 자식들에겐 되도록 많은 것을 경험하게 하고 싶었다. 블록이나 장난감으로 방이 지저분해도 바로바로 치우지 않았다. 그렇게 늘어놓는 것도 아이들의 창의력에 도움이 될 것 같아서다. 아이들 스스로 장난감에 싫증을 내면 그때 청소했다. 아이들의 간식도 직접 만들어서 먹었다. 비가 오거나 흐린 날에는 꼭 부침개와 도넛을 만들었다. 단독주택이 오밀조밀 붙어있던 동네라서 음식 냄새가 나면 주위에 있는 할머니랑 아이들이 몰려들었다.

아이들만 키우면서 살고 싶었지만, 갑자기 몰아닥친 IMF가 나를 삶의 현장으로 끌어냈다. 남편이 다니는 회사도 상황이 어려워서 월급이 반으로 줄었다. IMF 때문에 실직한 사람도 많았으니 그나마 다행인 셈이었다. 사임당처럼 살고 싶다는 꿈은 그때 사라져 버렸다.

내가 직장생활을 시작하면서 아이들이 고생을 많이 했다. 유치원에 다니던 막내아들이 특히 더 고생했다. 나는 집안일과 직장 일을 정말 열심히 했다. 노력하는 대로 이루어지는 줄 알았지만, 삶이 늘 푸른 신호등만 켜지는 건 아닌 모양이다. 푸른 신호등보다는 오히려 빨간 신호등이 켜지는 날이 훨씬 더 많았다.

출근길에 뒤따라오던 버스 기사가 졸음운전을 하는 바람에 교통사고를 당하기도 했다. 입원과 통원 치료를 받으며 1년 넘게 고생했다. 교통사고는 당하는 순간보다 시간이 지날수록 후유증이 더 심하다. 그 밖에도 뜻하지 않게 일어나는 사고나 질병으로 여러 가지 힘든 일을 겪었다.

　힘든 중에도 아이들은 잘 키웠다고 생각한다. 비록 사임당처럼 훌륭하고 현명한 어머니는 아닐지 모르지만 바보스럽고 우직하게 소신을 지키며 아이들을 열심히 키웠다. 우리 세 아이가 더 어른이 되었을 때, 자기 엄마가 살아온 방법이 옳았다고 말해 주면, 세 명 중 한 명만이라도 그렇게 말해 주면 내 삶은 성공한 삶이 아닐는지.

# 꿈에 본 내 고향

'함 사세요! 함을 사세요!' 동네가 떠나가라 고래고래 소리를 질러대는 함진아비의 뒤를 따라서 검은색 정장 차림의 뭇 사내들이 길게 줄지어 서 있다. 마치 조폭들의 행사처럼 보인다.

삼십칠 년 전 아버지는 함을 사려고 십만 원짜리 봉투 열 개를 준비하셨다. 함진아비가 목청을 높여 소리 지를 때마다 한 개씩 봉투가 나오니까, 함진아비의 장난기가 발동했다. 땅바닥에 누워서 구르기를 반복하였다. 봉투 열 개를 다 주고 나자, 아버지는 함을 포기하고 집 안으로 들어갔다. 꾀를 내신 건데, 함진아비는 아버지가 화가 난 걸로 착각하고 순순히 집으로 들어왔다. 그 바람에 장장 두 시간 동안의 함 팔기는 막을 내렸다. 동네 사람들도 집으로 가득 모여들었다.

연년생 오빠보다 내가 먼저 결혼했으니, 집안에서는 개혼이었다. 중매로 하는 결혼이라 약혼식, 함 받기, 결혼식, 폐백, 이바지

음식 어느 것 하나 빠뜨리지 않았다. 도시에서는 함을 받기가 불편하지만, 내 고향에서는 가능했다. 특히 우리 집은 외딴곳에 있어서 함진아비의 목청이 아무리 커도 방해받을 사람이 없었다. 남편 친구들은 지금도 자기들이 추태 부리고 난동 피운 게 생생하게 기억난다고 한다. 어른들이 맘 넓게 받아주고, 동네잔치까지 벌여준 것이 감동적이고, 한없이 고맙고 또 부러웠다고 한다.

함을 받은 다음 날이 결혼식이어서 밤에 안양으로 돌아왔다. 남편과 친구들은 막걸리로 샤워하다시피 했다. 얼마나 취했는지 혀가 꼬일 대로 꼬였다. 흥에 취하고 또 술에 취해서 흥얼흥얼하기 시작하더니 차 안이 금세 노래방으로 변했다. 음정 박자 모두 무시하고 무조건 고래 소리를 냈다.

결혼식 전날이라 모든 걸 참았다. 그때 남편이 내 옆구리를 툭 치며 한 곡조 뽑아보라고 한다. 모두 취해서 정신없으니, 내가 음치라는 걸 눈치 못 챌 거로 생각했다. 못 이기는 척 용기를 냈지만, 우레와 같은 박수 소리에 기가 눌렸다.

개미 소리로 가수 나훈아의 '꿈에 본 내 고향'을 부르기 시작했다. 남편 친구들의 얼굴이 사색이 되었다. 차 안의 분위기가 갑자기 시베리아 벌판처럼 싸늘해졌다.

"고향이 그리워도 못 가는 신세. 저 하늘 저 산 아래 아득한 천 리. 언제나 외로워라. 타향에서 우는 몸. 꿈에 본 내 고향이 마냥 그리워."

1절을 마치는데 내 얼굴은 이미 눈물과 콧물로 범벅이 되었다. 마치 사임당이 친정을 떠나면서 울었던 것처럼. 신부의 눈에서 닭똥 같은 눈물이 뚝뚝 떨어지니까 짓궂은 남편 친구들도 장난을 치지 못했다. 감정이 폭발했는지 모두 나를 따라서 훌쩍거렸다. 흥겹던 노래방 분위기는 갑자기 초상집 분위기로 바뀌었다. 이를 어쩌나 하는 생각도 잠시, 남편 친구가 화장실이 급하다는 핑계로 차를 세워서 분위기를 바꿨다.

결혼하면 친정 다니기가 힘들던 때였다. 교통편도 어렵고, 또 육아와 살림에 찌들어서 그런지, 사촌 언니들도 출가외인이라고 친정 출입이 뜸했다. 그런 생각 때문에 나도 모르게 울컥한 것 같다. 그렇지 않아도 나는 늘 부모님만 생각하면 눈물이 났다. '꿈에 본 내 고향'은 어머니 아버지의 애창곡이다. 다른 사람이 그 노래를 부르는 것만 봐도 눈물이 난다.


아버지랑 어머니는 나훈아 씨 노래를 유난히 좋아하셨다. 밭일할 때도 나훈아 씨의 노래를 부르셨다.

부모님의 영향 때문인지 나도 트로트를 더 좋아한다. 아이돌 가수의 노래는 가사를 하나도 모르는데, 트로트는 한 번만 들으면 금방 기억할 정도다. 좋아하는 장르고, 따라 부르기 쉬워서 쉽게 습득하는 것 같다.

지난 추석 명절에는 노래 부르는 텔레비전 프로그램이 많았다. 집안일을 하면서 따라 부르는데 아주 익숙한 리듬이 흘러나왔다. TV 앞으로 뛰어가 보니 열세 살짜리 아이가 나훈아 씨의 꿈에 본 내 고향을 구성지게 부르고 있었다. 어린아이인데 어찌나 감성이 풍부한지 나도 모르게 그 자리에 주저앉아 목 놓아 울고 말았다. 그 아이의 노래가, 추석이라서 응어리진 내 마음에 불을 붙여준 셈이다.

한참 동안 울고 나니 속이 다 후련하다. 지금쯤 내 부모님도 저 높은 곳에서 '고향이 그리워도 못 가는 신세 꿈에 본 내 고향이 마냥 그리워' 하며 눈시울을 붉히고 계시지 않을까. 무심한 하늘만 올려다본다. 부모님이 몹시 그립고 또 보고 싶은 날이다.

# 기저귀 국수

　요즘은 결혼이 늦어지기도 하고 딱히 적령기도 없는 것 같다. 심지어 아예 결혼하지 않으려는 사람도 많아서, 나이가 몇 살이든 결혼만 해 준다면 고맙겠다 싶다.

　내가 결혼하던 7~80년대에는 결혼 적령기라 하여 대부분 20대에 결혼을 많이 했다. 나는 양가 어른들 때문에 중매로 만나서 일찍 결혼했다. 장난기가 발동해서 맞선 보는 자리에 나갔는데, 그 남자의 됨됨이와 생김새에 반했다. 1년을 교제하다 결혼했고, 친구들보다 조금 빠르게 아이 엄마가 되었다.

　나는 나이에 비해 행동이나 생각이 고지식하고 보수적이었던 것 같다. 아이들 옷과 수건은 무조건 백 퍼센트 순면을 고집하고, 또 기저귀도 고집스럽게 면 기저귀를 썼다. 세 아이를 키우면서 종이 기저귀는 한 번도 사용해 본 적이 없다. 내가 아토피에 가까운 피부였기 때문에, 아이들은 남편처럼 피부가 매끄럽기를 바라는 마음이었다.

아이들을 키울 때는 다세대 주택에 살았다. 집은 좁았지만, 넓은 옥상이 있어서 빨래 말리기에는 최상의 조건이었다. 여덟 살, 다섯 살 터울의 고만고만한 아이들 세 명이 벗어놓은 빨래가 늘 옥상을 가득 채웠다. 한겨울을 빼고는 봄부터 가을까지, 하루에 두 번씩 빨래를 말릴 때도 있었다.

한여름에는 고무 수영장을 설치해서 아이들이 쉽게 물놀이할 수 있게 해 주었다. 옥상, 네 귀퉁이에 방울토마토와 상추를 심어서 아이들에게 먹거리와 볼거리도 제공해 주었다. 방울토마토는 첫서리가 내릴 때까지 열리기 때문에 아이들이 더 좋아했다.

막둥이를 낳고 장마가 시작되었다. 장마철이라 기저귀가 마르지 않아서 걱정하던 순간, 하염없이 쏟아지던 비가 갑자기 그치더니 거짓말처럼 햇볕이 쨍쨍했다. 그 틈을 놓칠세라 집안에 널었던 기저귀를 몽땅 꺼내다가 옥상에 널었다. 하얗게 삶은 기저귀가 햇볕을 받아 더욱더 하얗게 빛을 발하며 하늘하늘 춤을 춘다. 마치 시골 방앗간에 널어놓은 하얀 국수처럼 보였다. '와! 기저귀 국수 같다.'는 생각이 들었다.

기계에서 뽑은 국수 가락을 거치대에 널어놓으면 바람을 타고 살랑살랑 춤을 춘다. 빈농에서 자랐기 때문에 국수가 우리 집 주식이라고 해도 과언이 아니었다. 밥보다는 국수와 라면, 강낭

콩을 넣고 찐 개떡과 수제비를 더 많이 먹고 자랐다.

어머니는 라면 한 봉지를 끓이다가 나중에 국수 한 뭉치를 넣는다. 국수는 삶아서 찬물에 담가 조물조물 치대서 씻어줘야 밀가루 냄새가 빠지면서 쫄깃쫄깃하고 담백하다. 그런데 라면과 같이 끓일 때는 라면 국물에 국수를 바로 넣기 때문에 국수를 치대거나 씻을 수가 없다. 라면의 뜨거운 국물에 국수가 걸쭉하게 불어서 양이 점점 더 많아진다. 식구들이 많아서 양을 늘리려고 고안해 낸 방법이다.

라면 속에서 퉁퉁 불은 국수는 구수하고 맛있다. 밀가루를 품어서 그런지, 아니면 배가 고파서 구수한 건지 아무도 그 이유를 몰랐다. 라면과 함께 퉁퉁 불은 국수를 앞에 놓고도 우리 가족들의 웃음소리는 늘 담장을 넘었다. 그때로 시간을 돌릴 수 있으면 얼마나 좋을까.

아이들을 키울 때 나는 되도록 밀가루 음식을 만들지 않았다. 인스턴트 음식은 더욱더 멀리했다. 밀가루를 많이 먹고 자라서 그런지 나는 위장이 약하고 피부도 거칠다. 아이들도 위장이 약하다. 그래서 되도록 밀가루 음식을 먹이지 않으려고 노력했다. 간식도 직접 만들어 먹였다.

남편이 국수를 좋아하는데, 아이들 때문에 자주 만들어 주지 못했다. 정말 미안하다.

아이들을 키우면서 매일매일 옥상에다 기저귀를 말렸다. 햇볕이 좋고 일광소독까지 해 주니 일석이조다. 지나가다가 옥상에 널린 기저귀를 보면 사람들도 나처럼 기저귀 국수를 연상하지 않았을까.

옥타비오 파스의 글을 읽으며 문득 창밖을 올려다본 시인이 있었다. 그때, 옥탑방의 빨랫줄에 널려서 나풀대는 하얀 빤스가 보인다. 시인의 연상은 '옥타비오 파스'로부터 '옥탑 위의 빤스'로 옮겨가고, '그 깃발, 서럽게 펄럭이는'이란 시를 쓴다. 그 시인의 작품을 공부하다가 문득 그때 옥상에 가득 널어놓았던 우리 아이들의 기저귀가 생각나서 이 글을 쓴다. 기저귀를 차고 행복해하던 우리 아이들은 벌써 가정을 이뤘다.

# 또 올게요

시아버지는 체구는 작았는데 눈이 유난히 크셨다.

큰 시누이의 중매로 맞선을 봤는데, 하필이면 시아버지가 병원에 입원 중이셨다. 며칠 후 병문안을 가서야 처음 뵙게 되었다. 그날 병실을 나오면서 했던 약속이 '또 올게요' 다.

어른들은 무뚝뚝한 것보다 애교 있고 자상한 걸 더 좋아한다. 그래서인지 시아버지가 나를 예뻐하신 것 같다. 결혼 초에는 아버님이라는 말이 안 나와서 '아버지!' 라고 불렀다. 친정에서 외동딸이라고 응석받이로 자란 이유다. 시아버지는 처음에 무척 놀라셨는데, 자세히 설명해 드렸더니 너그러이 이해해 주셨다.

시아버지와 나는 피 한 방울 섞이지 않았지만, 감을 좋아한다는 공통점이 있다. 감을 먹다가 마지막 한쪽이 남으면 둘이 서로 눈치를 본다. 한쪽 남은 감은 아버지가 잡수셔요, 하면 시아버님은, 아니다 나보다 네가 더 먹어야지. 감을 많이 먹는 날은 어김

없이 변비가 생겨서 힘들더라, 하시며 은근히 나를 챙기셨다.

시아버님은 궁금증이 많은 나를 꽁무니에 달고 다니는 걸 좋아하셨다. 소여물을 썰 때도 나를 옆에 두고는 작두질을 시키셨다. 벌써 25년 전 일이다. 내 솜씨가 서툴러 마음에 들지 않자, 작두에 볏짚 넣는 일을 시키셨다. 나는 볏짚 대신 내 왼손을 넣었고, 그 바람에 손가락 전체가 잘릴 뻔했다. 다행히 새끼손가락만 크게 다쳤다. 세월이 많이 흐른 지금도 그 손가락의 상처가 훈장으로 남아있다.

시아버님은 심장 판막증과 고혈압으로 1년 중 6개월은 병원에 입원했다. 첫아이를 임신했을 때도 나는 아침 일찍 병원으로 가서 종일 시아버지의 말동무와 병간호를 했다. 한 달 입원하시면 15일은 그렇게 병실을 지켰다. 얼굴과 팔다리를 수건으로 닦아드리면 간지럽다면서도 어린애처럼 좋아하셨다. 신문이나 책을 읽어드리고 팔다리를 주물러드리는 게 마음에 드셨는지 다른 자식들에게 '너희들은 오지 마라. 너희가 오면 새아기가 안 올 거야.' 라고 하셨단다.

임산부가 순산하려면 운동이 필요한데, 나는 조금 달랐다. 너무 많이 움직이고 육체적으로 힘이 들어서 태아가 거꾸로 자리를 잡았다는 것이다. 산부인과 의사는 걸어서도, 계단을 오르내려서도 안 된다면서 가만히 누워있으라고 강조했다. 그렇다고 시아버지 병문안을 멈출 수는 없었다.

시아버님과 도란도란 담소를 나누는데 의사가, 몇째 딸이 이렇게 자상하냐고 물었다. 그런 말을 들을 때마다 아버지는 빙긋이 웃기만 하셨다. 며느리라는 말을 하기 싫으셨는지, 딸처럼 보이는 게 좋으셨는지는 모르겠다. 훗날 내가 직장에 다니게 되어 자주 병문안하지 못할 때는, 맘이 없어서가 아니라 일이 바빠서 그런 거라고 이해하고 감싸주셨다.

건강하지 않으신 시아버지를 두고 환갑까지 살기 힘들 거라고들 했다. 그래서 환갑 때는 3일 동안이나 잔치를 벌였는데, 다행스럽게도 자식들에게 칠순 잔치와 팔순 잔치를 차릴 기회를 주셨다. 친인척과 동네 어른들께 맛있는 음식을 대접할 수 있도록 팔순까지 살아주신 아버님이 얼마나 감사한지 모른다.

그렇게 잘 지내시더니 어느 날 경운기에서 떨어지는 사고를 당하셨다. 그 후 1년 동안 입·퇴원을 반복하셨다.


어느 가을날 병문안을 간 내게 시아버님은 '오래 살지 못할 것 같으니 자주 와' 하셨고, 나는 '다음 주에 또 올게요. 그리고 자주 올게요' 약속했다. 하지만 직장에 얽매여 있으니, 일주일에 한 번 가 뵙기도 어려웠다. 2주일 만에 한 번 뵐 때도 있었다. 또 오겠다는 말이나 하지 말 걸, 자주 가겠다고 약속하고 늘 아버지를 기다리게 만든 것 같아서 마음이 더 아프고 쓰렸다.

설날엔 점심 저녁으로 나온 죽을 시아버님께 떠먹여 드렸다. "네가 먹어주니까 정말 맛있다." 하셔서 "다음 주 화요일 날 또 올 테니까 그때까지 많이 잡수시고 빨리 나으셔야 해요." 했더니 내 얼굴을 빤히 쳐다보셨다. 그리고는 "바쁜데 어서 가. 어미야, 고맙다." 그러셨다.

혼자 있는 걸 싫어하고 무서움을 많이 타던 시아버님은 설이 지나고 나흘 만에, 점심 면회를 한 가족들을 두고 하늘나라로 여행 가셨다. 내내 기다리셨을 시아버님을 생각하니 죄인 된 마음에 장례 기간 내내 물도 못 마셨다.

아버지를 처음 뵈었던 날도 마지막이 된 그날도 또 오겠다는 약속만 한 셈이다.


지난 한식날도 아버지의 묘 앞에 '또 올게요'라는 말을 남기고 돌아왔다. 시아버님의 묘에는 산벚꽃과 진달래가 흐드러지게 피어 축제를 열고 있었다. 보리수와 앵두나무가 울타리를 이루고, 시아버님이 환생하셨는지 흰나비 한 마리가 묘 주위를 빙빙 돌고 있었다. 그 모습을 보니 돌아오는 발걸음이 한결 가벼웠다. 아버지께 다 하지 못한 효도는 어머니께 해야겠다.

# 감

사람이 살다 보면 어떤 사물이나 음식에 특별한 사연이 있게
마련이다. 내게는 감이 그렇다.

옻나무를 감싸 안은 덩굴에서 머루를 따 먹고, 몸에 옻이 올
라서 석 달이 넘도록 음식을 전혀 먹지 못했을 때다. 식도까지
퉁퉁 부어서 물만 겨우겨우 병아리 눈물만큼 넘길 수 있었다. 그
때 식도를 통해 넘어간 음식은 감과 물이 전부였다. 연시가 아니
고 떨어져서 썩기 직전의, 그 물렁물렁한 감을 먹었다.

누에를 기르느라 정신없이 바쁜 어머니 대신 네 살 터울의 사
촌 언니가 나를 간호해 주었다. 음식을 못 먹는 내가 불쌍했던
지 언니는 떨어져 물러버린 감을 매일 주워다 먹여 주었다. 물보
다 훨씬 맛있었다. 새끼에게 먹이를 물어다 주는 어미 까치처럼
언니는 내 식량을 구하기 위해 매일 감나무 밑을 배회했다. 그러
다 갑자기 소낙비가 쏟아져서 그만 감기에 걸린 적도 있다. 언니

의 정성 어린 간호와 감이 없었으면 아마 나는 살아나지 못했을 것이다. 언니가 떠 먹여주는 감을 먹으며 석 달이 넘게 고생하고 나서야 서서히 병이 나았다.

아버지는 고마운 언니에게 땡땡이 무늬 원피스를 사 주셨다. 지금도 온몸에 남겨진 흉터와 뚜렷하지 않은 입술 선을 볼 때마다 문득문득 언니가 그립다.

식탐도 없고 소식가인 내가 유일하게 욕심을 내는 것이 감이다. 감을 아무리 많이 먹어도 변비에 걸리지도 않거니와 쉽게 질리지도 않는 걸 보면 특이 체질인 것 같다. 아니 어쩜 감 때문에 새 생명을 얻은 까닭인지도 모르겠다. 그래서 다른 과일보다 감을 사 오는 손님을 제일 반긴다.

우리 집 식탁에선 감 때문에 종종 전쟁이 벌어지기도 한다. 식구들과 함께 감을 먹다가 마지막 한쪽이 남게 되면 어느새 내 눈은 번뜩이기 시작한다. 남은 감을 낚아채고 나서야 맘이 놓일 정도로. 아이들은 그런 나를 두고, 너그러운 엄마가 감 앞에서는 유독 팥쥐 엄마보다 더 지독한 계모라고 말한다.

2년 전에는 독감과 편도선염이 겹치고, 알레르기 비염과 과로가 쌓여서 자리에서 일어나지 못할 정도로 앓았다. 밥은 모래알을 씹는 것 같아서 도저히 먹을 수가 없었다. 링거를 맞아가며 출근하다 보니 몸은 점점 더 쇠약해지고, 아이들이 나 때문에 불안해했다. 안 되겠다 싶어서 인터넷으로 상주 곶감을 주문해 택배로 받았다. 어렸을 때 감을 먹고 나았던 게 생각나서였다.

그날부터 10~15개의 곶감이 내 한 끼 식사가 되었다. 20일을 앓는 동안에 곶감을 세 접이나 먹었다. 링거를 맞는 것보다 훨씬 빨리 회복되었다. 아마 내 몸이 어릴 때부터 감에 익숙해져 있던 게 아닌가 싶다.


연시나 곶감은 한 끼 식사를 대신할 만큼 영양가가 높다고 한다. 한방에서는 약제로 쓰이기도 한다.

내게는 특별한 명약이 되는 감을 내 손으로 수확해 보고 싶어서 지난 식목일 날 안산에 있는 밭둑에 감나무를 열 그루나 심었다. 3년 정도 지나면 독감에 걸리거나, 편도선염에 걸려도 걱정 없을 것 같다. 음식을 전혀 먹지 못하더라도, 상주 곶감을 찾아 헤매지 않아도 된다. 감을 수확하게 되면 먼저 사촌 언니에게 달려갈 것이다. 언니가 내게 감을 먹여 주었던 것처럼 나도 내가 수확한 감을 언니에게 전해줘야겠다. 언니가 베푼 정성의 십분의 일 만큼이라도 갚는 마음으로, 가까운 이웃들에게도 나눠주어야겠다. 귀한 과일 감에 감사하면서 베푸는 삶을 살아야겠다.

활짝 핀 노란 감꽃을 보니 감을 수확하는 풍경이 눈앞에 선하게 그려져 맘이 더 행복해진다.

# 떡꼬치

삼십 년 전의 일인데도 엊그제처럼 생생하다. 끓는 기름과 물이 상극이라는 사실을 깨닫는 순간이었다. 생각만 해도 간담이 서늘하다. 너무나 끔찍하고 아찔했던 순간이어서 지금도 그날이 떠오르는 날은 여지없이 가위에 눌린다.

날씨가 흐려서 군것질 생각이 나는지 아이들이 떡꼬치를 먹고 싶다고 한다. 아무리 바빠도 아이들 간식만큼은 손수 만들어서 먹이는 습관이 있다. 한데 당장 마무리해서 보내야 하는 부업이 산더미처럼 쌓여 있다. 살짝 고민이 되기는 하였지만, 별것도 아닌 부업으로 유난 떤다는 생각이 들었다. 부업은 시간 내서 틈틈이 하는 건데.

큰딸에게 떡볶이 떡을 사 오라고 심부름시켰다. 성격이 급해서 할 일이 있으면 마음이 더 바쁘다. 일거리는 방에다 가득 풀어놓은 채 아이가 사 온 가래떡을 보글보글 끓는 기름에 한 가닥씩 넣었다. 그때까지 모든 일이 순조롭게 이뤄졌다.

가래떡은 생각했던 것보다 훨씬 잘 튀겨졌다. 그걸 확인하고는 나머지 떡을 한꺼번에 몽땅 털어 넣었다. 마음이 급해서였다. 그 순간에 떡은 새처럼 높이 날았다.

봉지 속에 있던 가래떡은 살짝 냉동된 상태로 압축시킨 것이다. 처음 기름에 넣은 떡은 가장자리에 있어서 아이가 걸어오는 동안에 자연스럽게 해동이 되었던 모양이었다. 그런 사실을 까맣게 몰랐다.

기름 온도가 올라갈수록 떡은 하늘 높은 줄을 모르고 튀어 올랐다. 눈 깜짝할 사이에 집안은 온통 화염에 휩싸이고 말았다. 내가 너무 바보 같아서 그런 큰 사고를 낸 것이다. 그때 아무것도 모르는 6개월짜리 막둥이가 부엌을 향해서 엉금엉금 기어 나왔다. 금방 불이 날 것만 같은 일촉즉발의 위기였다. 눈앞이 캄캄하고 떨리기만 했다.

엉금엉금 기어 나오는 막둥이를 딸들에게 붙잡아 달라는 말을 할 시간도 없었다. '수그리'라고 큰 소리로 외쳤다. 마침 방에서 놀던 누나들이 튀어나오면서 막둥이의 발을 잡아서 질질 끌고 들어갔다. 나는 있는 대로 힘을 줘서 가제트 다리를 만들었고, 다리를 뻗어서 엄지발가락으로 가스레인지를 꾹 눌러서 불을 껐다. 천만다행이었던 것은 가스레인지 스위치가 돌려서 끄는 것이 아니고 눌러서 끄는 것이었다. 돌려서 끄는 레인지였으면 아마 불이 났을지도 모른다. 천운이라고 생각했다. 가스레인지를 교체한 지 한 달도 안 되었을 때 벌어진 일이다.

일촉즉발의 위기를 넘기고 땀을 뻘뻘 흘리고 있는데 아이들은 천진난만하게 나를 쳐다보면서 '엄마? 천장에 붙어 있는 떡도 떼어줘요' 한다. 한숨 돌리면서 천장을 바라보았다. 군데군데 떡이 붙어있고 또 기름이 튀어서 희한한 동물의 그림자 같은 게 그려져 있었다. 가관이었다. 헛웃음이 나왔다.

사방팔방으로 튄 기름 때문에 청소를 열흘 이상은 한 것 같다. 천장이랑 벽은 새로 도배했다. 떡꼬치 오천 원어치만 샀으면 아이들이 실컷 먹고도 남았을 텐데, 도배하느라고 떡꼬치의 값이 백배는 들어간 것 같다. 밀린 부업 때문에 조바심 나서 그렇게 큰 실수를 한 것이다.

천장에 붙어있는 떡을 떼어줬더니 아이들은 더 고소하고 맛있다고 한다. 나의 무지로 아이들에게 큰 사고를 안겨 줄 뻔했던 일이어서 삼십 년이 지났어도 잊히지 않는다. 다행히 '수그리'라는 말을 알아듣고 동생을 잘 보살펴 주던 누나들은 이제 그때의 내 나이보다 더 나이를 먹었다.

그날 이후로, 돌다리도 건너기 전에 두드려 보기로 했고, 봉지에 들어있는 떡은 꼭 해동해서 사용한다. 세상에서 가장 비싸게 먹었던 그 떡꼬치를 생각하면서 오늘은 그때보다도 더 고소하고 맛있게 만들어봐야겠다.

# 푸른색 누비처네

첫 아이를 낳았을 때 친정어머니는 푸른색 누비처네를 사 주셨다. 손녀인데도 푸른색으로 사 오신 이유는 뼛속까지 남아선호사상에 젖어 있어서다. 손녀가 남동생에게 터를 팔았으면 하는, 어머니의 암묵적 소원이 들어있었다. 그렇게 손자 보기를 원하시면서도 애 어미인 나에게는 '딸내미는 친구고 죽을 때까지 속내를 말할 수 있어서 좋다' 는 말씀도 하셨다.

친정어머니는 목화 농사도 지었다. 내가 결혼할 때 어머니는 손수 농사지은 목화로 솜을 타서 시부모님 이불 한 채와 내가 쓸 이불 한 채를 만들어주셨다. 아들을 낳은 이웃 아주머니들과 일가친척들이 모여서 함께 만든 원앙금침이다. 손녀 누비처네도 손수 만들어 주고 싶었는데, 그렇게 못한 것이 마음에 걸리셨는지, "우리 목화솜으로 만들면 더 좋았을 텐데, 내가 솜씨가 없어서 그냥 사 왔다, 미안하다." 라고 하셨다.

솜으로 꽉 차 있는 누비처네는 비싸고 튼튼했다. 나는 어머니가 계셔서 누비처네를 선물로 받을 수 있다는 것만으로도 얼마나 좋았는지 모른다. 그런 어머니가 평생토록 내 곁에 계실 줄 알았다.

어머니의 간절한 소망에도 불구하고 나는 둘째도 딸을 낳았다. 자식의 성별이 어찌 원하는 대로 되랴마는 그래도 어머니가 원하시는 대로 첫째와는 성별이 달랐으면 하고 바랐는지도 모른다.

나는 외동딸로 태어나서 조금은 외롭게 자랐다. 결혼할 때나 또 집안의 대소사가 있을 때는, 남자 형제들보다 여동생이 있으면 더 좋지 않을까 하고 생각했다. 그 이유로 나는 둘째를 낳고 더 좋아했다. '죽을 때까지 속내를 말할 수 있는 친구 같은 사이' 라는 어머니의 말씀도 떠올랐다.

큰딸은 예민해서 낯을 많이 가렸다. 친가나 외가에서도 내 등짝에서만 잠을 잤다. 둘째는 너무 순해서 아무에게나 다가가고 잠도 잘 잤다. 순둥이로 태어난 둘째 덕분에 누비처네를 별로 사용하지 않았다. 덕분에 셋째 아이까지 사용할 수 있었다.

셋째는 다행히도 어른들의 바람대로 아들이었고, 둘째처럼 순둥이였다. 게다가 내 손이 닿을 틈도 없이 누나들이 보살펴 주었다. 아이가 기저귀가 젖어서 이마를 찡그리거나 진저리를 치느라 몸을 부르르 떨면, 그 틈을 놓칠세라 둘째가 달려들어서 기저귀를 벗기고 새것으로 갈아준다. 아이도 누나들이 챙겨 주는 걸 더 좋아하는 눈치였다. 어머니가 사 주신 누비처네는 사용할 기회가 거의 없을 정도였다.

　세 아이를 키웠어도 푸른 그 누비처네는 흠 하나 없이 깨끗해서 지인에게 물려주었다.

# 사주단자

어머니의 유품을 정리하느라 옷장 서랍을 열었다. 모아놓은 사탕이 녹아서 찐득하다.

누룽지와 박하사탕을 입에 넣으면 소화가 잘된다고 하셔서 틈나는 대로 사탕을 보내드렸다. 아버지 떠나시고 4년 동안이나 외로움 한 스푼에 사탕 한 알을 입에 넣으시던 어머니는 언제부터인지 먹지 않고 모아두셨다. 어쩌면 이승에서 혼자 먹는 것이 아까워서 저승 가신 아버지를 만나면 나눠 드시려고 그런 건 아니었을까.

어머니의 슬픔과 외로움이 사탕이랑 범벅이 되어, 그렇게 찐득하게 녹아내린 것 같아서 마음이 너무 쓰리고 아프다.

두 번째 서랍을 열었다. 63년 동안을 고이고이 간직한, 청실홍실에 예쁘게 쌓인 어머니의 사주단자가 있다. 그 긴 세월 동안 어찌 그리 고이 간직할 수 있었을까. 조심스럽게 열어보니 아버지 어머니의 생년, 월, 일, 시가 나란히 적혀있다. 사주단자를 받으시고 대청마루에서 혼례 올리시며 행복해하시는 부모님의 모습을 상상해 보는 것만으로도 행복했다.

어머니가 고이 간직하신 그 사주는 고향 집 앞마당에서 잘 소각해 어머니 아버지가 계신 하늘나라로 보내드렸다.

나도 어머니처럼 사주단자를 보관하고 있다. 맞선 보고 1년 동안 교제한 후에 결혼한 것도 어머니를 닮았다.


사주단자는 청혼한 뒤 신랑 집에서 신붓집으로 신랑의 사주를 적어서 보내는 간지簡紙다. 이것을 단자單子를 보낸다. 혹은 사성四星을 보낸다고 한다.

사주단자는 간지를 7번 또는 5번 접어서 그 복판(중간)에 신랑의 사주인 생년, 월, 일, 시를 적고, 백지에 싼 다음 봉투에 넣고, 근봉謹封이라고 써서 띠를 붙이며 봉투 앞면에는 사주라고 쓰고 봉투는 봉하지 않는다.

이것이 맞는지 확인하기 위해서 내가 가지고 있는 사주를 펼쳐보았다. 간지는 5번을 접어서 세 번째 줄에 남편의 생년, 월, 일, 시가 적혀있다. 한 글자씩 읽다 보니 감회가 새롭다. 흘러간 세월만큼이나 사주를 쓴 간지도 누렇게 변하였다.

수숫대나 싸릿대를 끝부분이 붙은 채로 가운데를 쪼개어 사주 봉투를 그 속에 끼우고 양쪽 끝을 청실홍실로 감는데 위에서 아래로, 또는 아래에서 위로 감고 끝매듭은 동심결로 맺는다. 수

숫대나 싸릿대를 끼우는 풍습은 지방마다 다를 수 있다.

신부 쪽에서는 이 사주 즉 단자를 받은 뒤 곤坤 자字의 아래에다 신부의 생년, 월, 일, 시와 허혼 주의 이름을 적어두는 사주 서식이 있고, 겉봉은 띠를 두르거나 그대로 사용한다.

나는 결혼식 전날 밤에 사주단자를 받고 다음 날 결혼식을 위해서 급하게 안양으로 올라오느라 사주를 받은 채로 보관해서 남편의 생년, 월, 일, 시만 적혀 있다. 내 생년, 월, 일, 시를 조용히 읊조린다. 이런 내 모습이 너무 쓸쓸하다.

사주를 보낼 때는 사주만 보내기도 하고, 사주 옷감이라고 해서 옷 한 감이나 청홍색 두 감을 사주와 싸서 보내기도 한다. 나는 목련꽃 그림이 그려져 있고 그림 위에 은색 펄이 쫙 뿌려진 연분홍 한복 한 감에 잘 싸인 사주를 받았다.

사주를 신붓집으로 보낼 때는 되도록 손이 없는 날을 골라서 보낸다. 마을 사람 중에 혼인해서 첫아들을 낳고, 다복하게 사는 사람을 골라서 보내는 것이 상례나, 때로는 중매쟁이나 하인을 불러서 보내기도 하고 신랑이 직접 가져가는 경우도 있다. 시대가 바뀌어서 직장생활로 바쁜 현대인들은 대부분이 주말에 행사를 치른다. 그 때문에 근래는 함을 파는 함진아비의 모습은 거의 볼 수가 없고 추억 속의 한 장면으로 남아 있다. 내가 함을 받았던 것도 38년 전이었기에 가능했던 일이다.

함진아비가 함을 지고 오면 신붓집에서는 대청이나 마루에 돗

자리를 깔고 새 상 위에 사주를 받아놓는다. 이때 신부의 아버지나 오빠 또는 어머니가 정중하게 절을 하고 나서 차례대로 개봉한다. 이런 행사가 있는 날이면 마을은 잔칫날이나 다름이 없다. 동네 주민들이 모두 한자리에 모여서 자기들의 일인 양 즐거워하며 축복을 해준다.

38년이나 세월이 흘렀는데도 남편 친구들은 그날을 생생히 기억하고 있었다. 자동차에서 내리면서부터 1km나 되는 거리를 가다 서기를 반복하며 드러눕고 난리를 쳤으니 어찌 그날을 잊을 수 있을까. 그때로 돌아갈 수 있으면 좋겠다. 그날은 환하게 웃으시며 소나무처럼 든든하게 나를 지켜주시던 부모님이 계셨다. 사주단자를 받는 날이라고 목욕재계하고 행복한 모습으로 함진아비를 기다리시던 부모님의 모습이 지금도 아련하다.

내 사주는 청실홍실이 얽히고설켜서 풀어지지도 않는다. 사느라 바빠서 그렇게 된 거라고 말하는 것도 부끄럽다. 어머니는 나보다 몇십 배, 아니 몇백 배는 더 바쁘셨다. 나는 얽혀 있는 실을 하나씩 풀어서 가지런히 사주를 감쌌다.

앞으로 남은 생이 얼마나 되는지는 알 수 없지만 내가 어머니의 사주단자를 소각해서 보내드린 것처럼, 우리 아이들도 내 사주를 소각해서 보내주려나?

# 일장춘몽

아직 한 번도 복권을 산 적이 없다. 만취해서 퇴근한 남편이 '여보 당신 선물이야.' 하면서 가끔 복권을 쥐여준다. 그때마다 나는 남편의 손이 부끄러울 만큼 딱 잘라서 말한다.

"나는 복권보다 천 원짜리 지폐가 더 나은데…."

22년쯤 전에, 결혼기념일이라고 아주 큰 꽃다발이 배달되었다. 얼핏 보기에도 족히 십만 원은 넘을 것 같았다. '아이고, 현금으로 주면 반찬이 달라질 텐데' 하고 남편에게 투덜거렸다. 덕분에 결혼 30년이 다 되도록 현금은 물론이고 꽃다발도 구경 못 한다. 남편의 마음보다는 현금을 더 좋아하는 속내를 드러내는 게 좀 창피하지만, 주부라면 누구나 다 같은 생각을 하지 않을까? 여전히 매주 복권을 대여섯 장씩 사는 남편을 이해하지 못한다.

2012년 3월 16일부터 중앙일보에서 '큐팟코드' 광고를 시작했다. 핸드폰으로 지면에 실린 광고의 QR코드를 찍으면 자동으로 영상이 시작되는데, 그것을 보고 추첨에 응모하는 새로운 형식의 광고다. 당첨되면 상금을 준다. 신문사에서 이런 광고를 하는 건 중앙일보가 세계 최초라고 한다. QR코드를 찍기 위해 애플리케이션을 다운로드하는 건 무료다. 돈이 안 들어서 더 재미있었다.

2012년 4월 2일에 처음으로 1등 당첨자가 나왔다. 기사에 난 아주머니의 사진을 보고 너무나 부러웠다. 복권에 전혀 관심이 없던 내 태도가 서서히 바뀌었다. 은근히 관심이 생겼다. 오래전부터 구독하고 있던 중앙일보 신문광고를 스캔해서 입력만 하면 토요일에 추첨했다. 큐팟 번호가 로또복권 번호가 되는 것이다. 로또는 구매할 때 돈이 들지만, 큐팟은 한 번만 다운로드하면 된다. 스캔해서 번호만 입력하는 거라 누구든지 쉽게 응모할 수 있다. 1석 2조다.

나는 그 매력에 빠져서 아침마다 응모하고 주말을 손꼽아 기다렸다. 월요일부터 토요일까지 큐팟을 스캔해서 응모하느라 신문을 정독하는 버릇이 생겼다. 응모하는 날부터 은근히 토요일을 기다렸다. 어렸을 때 소풍날만 손꼽아 기다리던 것처럼.

큐팟을 스캔하기 시작한 지 한 달 정도 지난 6월의 넷째 주 토요일이었다. 때아닌 여름감기로 퇴근해서 곧바로 잠이 들었다. 늘 토요일 밤 10시가 되면 행운의 숫자인 큐팟 번호가 공지 사항으로 뜬다. 그런데 그날은 그 시간을 기다리지 못하고 바로 잠들어 버린 것이다. 새벽녘에 화장실을 가려고 일어나는 순간 저절로 핸드폰에 손이 갔다. 문자가 한 통 들어와 있다. '당첨을 축하합니다' 깜짝 놀라서 불을 켜고 문자를 읽었다. 2등 당첨을 축하한단다.

나는 소리를 질러 잠자는 식구들을 깨웠다. 마치 복권 1등에 당첨된 것처럼 호들갑을 떨었다. 큰딸이 조용하게 말했다. '엄마? 큐팟 1등이 아니고 2등이구요, 제세공과금을 공제한 후에 통장에 입금된대요.' 1등이 안 된 건 실망스럽지만 2등도 쉬운 건 아니다. 설레는 건 똑같았다. 세금을 공제해도 15만 원은 될 텐데 이 귀한 돈을 어디에 쓸까? 잠시 고민에 빠져서 잠을 설쳤다.

다섯 명이 사는 우리 집은 살림살이가 많은 데 비해서 수납 공간이 부족했다. 이 돈으로 수납장을 사기로 했다. 입금된 돈은 16만 원이었다. 50퍼센트 깜짝 세일로 수납장 두 개를 15만 원에 구매했다. 그러고도 1만 원이나 남았다. 꽤 짭짤한 수입이었다.

거실을 쓸고 닦을 때, 나란히 자리 잡은 그 수납장과 눈이 마주치면 너무 행복하고 뿌듯하다. 그때부터 복권을 사는 남편도 이해하게 되었다. 아침마다 신문에서 큐팟 코드를 찾고, 매일매일 설레는 마음으로 토요일을 기다린다. 비록 일장춘몽으로 끝나고 말지만 그래도 혹시나 잠시 길을 잃은 행운의 여신이 내게 찾아오지는 않을까?

# 시험 감독

7월 첫째 날, 기말고사를 보는 날이다. 시험 감독을 하러 학교에 간다. 고등학교 2학년 딸아이를 위한 봉사활동이다.

추적추적 장맛비가 내린다. 시험 보는 아이들은 날씨가 맑아도 불안하고 스트레스를 받을 텐데 하필이면 비까지 와서 걱정이다. 뉴스 헤드라인을 보니, 캄보디아로 여행 갔다가 불의의 사고를 당한 한국인 13명의 영결식이 있다고 한다. 그 이유 때문인지는 몰라도 빗소리가 더 구슬프고 처량하게 들린다.

새벽부터 자는 아이를 깨우고 호들갑을 피우며 서둘러 출발했지만, 도로는 이미 차들로 꽉 차 있다. 지각할 것만 같아서 마음이 조마조마하다.

간신히 제시간에 도착하여 감독이 지켜야 할 지침들을 교육받았다. 교장선생님은, 시험 보는 아이들의 신경이 극도로 예민하니 제발 신발을 끌거나 빼각빼각하는 신발 굽 소리는 자제해

달라는 부탁을 덧붙인다.

  첫 시험감독반은 2학년 1반이다. 시험공포증이 있는 나는 감독인데도 불구하고 사시나무처럼 떨린다. 떨리는 가슴을 진정시키며 뒷문을 살짝 열고 들어간다. 환한 미소로 나를 맞이한 담임선생님은, 아이들에게 골드키위를 하나씩 나누어 주신다. 키위를 감싼 띠지 위에는 '2-1반 파이팅!' 이라고 썼다. 용기를 북돋아 주는 선생님의 센스가 아주 돋보인다. 내게도 키위 하나를 주면서 '저희 반 잘 부탁드립니다.' 하시는데 가슴이 뭉클하다. 선생님의 사랑을 듬뿍 받는 아이들이 너무 사랑스럽다.

  드디어 첫 시험시간 벨이 울린다. 시험지를 받아 든 지 채 5분도 되기 전에 한 아이가 머리를 얌전히 책상 위에 대고는 꿈나라로 향하고 있다. 10분쯤 지나니까 두 아이가 합류한다. 안타깝다. 40문항이면 적어도 20분은 지나야 할 것 같은데, 걱정이 앞서면서 30년 전, 내가 사회시험을 보던 날을 떠올렸다.


  1번이었던 나는 맨 앞에 앉아 있었다. 그 자리는 교탁으로 가려져서 교단에서는 잘 안 보이는 자리였다. 담임선생님 과목인 사회는 어렵기도 하고 또 재미가 없어서 공부할 생각을 하지 않았다. 시험지를 받아 드는 순간 차라리 외우기라도 할 걸 후회했지만 이미 때는 늦어버렸다. 시험지를 받아 들면서부터 눈꺼풀이 무겁고 슬슬 잠이 오기 시작하였다. 겨우겨우 한 번 읽고 나서 대충 답을 찍었다. 그러고는 한 손으로 턱을 받친 채 그대로 잠들어 버렸다. 전날 밤에 먹은 '잠 안 오는 약'이 화근이었을 것이다. 그때는 시험 기간에 그 약을 먹는 것이 유행이었다. 무조건 친구를 따라서 먹었다. 먹고 나면 다음 날은 두통도 심하고 정신이 몽롱하다.

엄숙하고 조용해야 할 시험시간에 코 고는 소리가 들리자, 선생님과 아이들은 눈에 불을 켜고 범인을 찾았다. 하지만 책상에 엎드린 아이는 하나도 없었다. 다들 의아해하고 있는데, 교탁으로 가려진 내 머리가 살짝 움직였다. 그것을 발견한 건 시험감독 선생님이 아니고 복도를 지나가던 담임 선생님이었다. 시험지 프린트가 잘못되어서 그걸 설명하려고 교실로 오는 길에 나를 발견했던 거다.

입꼬리에 살짝 침을 흘리면서 단잠을 자던 나는 선생님의 꿀밤을 맞고야 정신을 차렸다. 그러고 나서 나머지 시험지를 모두 풀었다. 꿀밤을 주셨던 담임선생님은 현재 용산 중경고등학교에 재직 중이다. 그때만 생각하면 웃음이 절로 난다.


나는 꿀밤 대신, 잠자는 아이의 어깨에 조용히 손을 얹어서 등을 슬며시 쓸어주었다. 아이는 미안해하면서 시험지를 다시 풀었다.

시험을 치르는 아이들의 자세도 각양각색이다. 다리를 덜덜덜 떠는 친구, 볼펜을 계속 돌리는 친구, 여자애들은 죄 없는 머리를 풀었다 매기를 반복한다. 초롱초롱해야 할 아이들의 눈동자는 잔뜩 겁에 질려있다. 안쓰럽기 짝이 없다.

나는 맨 뒤에 서서, 아이들에게 조금이라도 부담되지 않으려고 숨소리조차도 크게 내지 못한다. 내 딸아이는 시험 감독하는 엄마들이 자꾸 왔다 갔다 하면서 신발 소리를 내는 바람에 신경이 많이 쓰이더라고 했다.

자식 걱정을 하는 친구들에게 '그 정도면 되지, 욕심이 너무 과하다' 고 말했다. 남의 일엔 그렇게 관대하면서 내 자식만큼은 늘 부족하다고 느끼는 게 세상의 엄마들이 아닌가 싶다. 성적이 인생의 전부는 아니겠지만 학생의 전부는 될 수 있다고 억지를 부려가며, 나도 딸에게 부담을 준 적이 여러 번 있다. 욕심을 조금만 줄이면 아이의 마음이 좀 더 가벼울 텐데 그게 마음대로 되지 않는다. 이론으로만 가능하고 현실은 불가능하다.

빗소리가 아침보다 더 거세지고 있다. 시험이 끝나면 둘째랑 손잡고 산책하면서, 오늘 시험 감독하면서 느낀 점을 얘기해 주어야겠다. '노력해도 안 되는데 어떡해요. 제 실력이 모자라서 엄마가 기대하면 할수록 실망이 더 클 거예요.' 힘없이 말하는 아이에게 시험 보느라 고생했다고 응원도 하고, 아이가 좋아하는 김치 빈대떡을 구워줘야겠다.

시험 볼 때만 되면 감기에 걸리거나 배탈이 나는 것도 딸은 나를 쏙 빼닮았다. 시험에서는 벗어날 수 없겠지만 내 딸에게 초롱초롱한 눈빛을 찾아주고 싶다. 아이가 너무 안쓰럽고 가여워서 내 욕심의 꼭짓점을 한 눈금만 내려야겠다.

# 화초 사랑

　　아침에 일어나면 먼저 일기예보를 본다. 어렸을 때부터 자연스럽게 몸에 밴 습관이다. 농촌에서는 비가 오면 바깥일을 하지 못한다. 비설거지도 해야 하고, 비 때문에 때를 놓치지 않도록 미리미리 일을 맞춰 두어야 한다. 일기예보가 중요할 수밖에 없다. 결혼 후에도 비가 오면 할 일이 많았다. 아이들을 데리러 학교에도 가고, 화초도 돌본다. 비 오는 날은 화초 분갈이하기에 딱 좋은 날이다.

　　아이들을 키우면서 화초 가꾸는 일에 취미를 느꼈다. 화초를 키우는 건 자식을 양육하는 것과 별반 다르지 않다. 사랑을 주는 만큼 건강하게 자란다.

　　집에 있는 화초를 돌보는 것도 좋지만, 세발자전거에 화분 한 개와 모종삽과 간식거리를 싣고 아이들과 산에 갈 때가 제일 즐거웠다. 소풍 가는 것 같았다. 우리는 영양이 듬뿍 들어있는 거름흙을 화분에 담아서 집으로 돌아오곤 했다. 내 아이들도 무척 재밌어했다. 아마 그때 농촌의 정서를 경험했을 것이다.

낙엽이 썩어서 시커멓게 변한 흙에는 영양분이 듬뿍 들어있다. 그 흙에 화초를 심고 2~3일만 지나면 새싹이 나온다. 굳이 화원에서 거름흙을 사다 쓰지 않아도 됐다.

자연 흙을 사용해서 화초를 키워보니 장단점이 있었다. 장점은 돈을 들이지 않고 쉽게 거름흙을 구할 수 있다는 것이다. 단점은 가끔 화분 바깥으로 실지렁이나 개미, 굼벵이 같은 벌레들이 출몰하여 아이들의 비명을 듣는다는 것이다. 나는 아이들의 비명을 듣는 것이 즐거웠다. 산에서 퍼온 흙이 깨끗하다는 증거니까 말이다.

싹을 내미는 화초는 바라만 봐도 즐겁다. 화초는 지인들에게 공짜로 얻고, 흙은 집 근처 산에서 맘껏 퍼올 수 있었다. 화초뿐만 아니라 고추와 고구마, 방울토마토도 심었다. 화초를 잘 키운다고 소문이 나서, 주변 사람들이 키우던 화초가 죽어가면 내 몫이 되었다. 사실은 내가 화초를 잘 키우는 것이 아니라 우리 집으로 찾아온 화초들이 잘 자라준 것이다. 잘 자라준 화초들이 고마울 따름이다.

오랫동안 병원에 입원해 있을 때도 가족들에게 화초만 특별히 신경 써 달라고 부탁할 정도로 화초를 좋아한다.

화초를 많이 키울 때는 종류가 60가지 정도 되었다. 그중에서 가장 아끼는 것은 베트남 장미와 알로카시아다.

베트남 장미는 이사 기념으로 지인이 보내준 것이다. 2005년에 우리 집으로 왔는데, 삼 년 만에 아주 예쁜 꽃을 피우며 우리 가족과 상견례를 했다. 꽃이 핀 그해 가을, 둘째 아이가 원하는 대학교에 수시 합격했다. 그 이듬해부터 장미꽃은 피지 않았다. 그래도 아침마다 인사하고 사랑한다고 말해 주고 정성껏 물을 주었다. 한데 올해 봄, 꼭 10년 만에 서른세 송이의 꽃을 내게 선물해 주었다. 여러 번 수술받느라 지쳐있던 내 모습이 애처롭고 가여웠던 모양이다.

서른세 송이의 꽃은 마치 닥종이로 꽃다발을 만들어 놓은 것처럼 너무너무 아름다웠다. 아침마다 베란다의 화분에 먼저 인사하는 습관이 있기도 하지만 장미꽃이 피어있던 한 달 동안만큼은 더 열심히 아침 인사를 건넸다. 인사하지 않으면 꽃잎이 빨리 떨어져 버리지 않을까 불안했기 때문이다. 장미꽃이 피어있는 한 달 동안 정말 행복했다.

장미 꽃잎이 하나둘 떨어져 가는 틈을 타고 옆에 있던 알로카시아가 이번에는 내 차례야 라고 말하는 것처럼 새싹을 내민다.

알로카시아는 십 년 전에 우리 식구로 들어왔다. 수필로 등단할 때 받은 선물이다. 우리 집으로 들어오던 그해에 큰 산처럼 생긴 꽃이 피었고 그 이후로는 꽃이 피지 않았다. 꽃대도 죽었다. 선물 받은 귀한 화분이라 버리지 못하고 계속 물을 주었다. 그 후엔 2~3년에 한 번씩 싹이 나오기를 반복하다가 올해 자녀까지 데리고 나와서 세 식구가 되었다. 식물인 화초도 계속 사랑을 주면 이렇게 새싹과 꽃으로 보은한다.

　사람에게도 계속 정을 주면 세상 사람들 모두가 행복해지지 않을까. 오늘도 베란다에 눈인사부터 하고 하루를 시작한다.

# 안양천 산책로

오전 내내 장맛비가 내렸다. 앞이 보이지 않을 정도로 쏟아부었다. 10~20mm 정도 내린다는 기상예보와 다르게 103mm나 쏟아져서 호우주의보까지 발령되었다. 그러더니 오후가 되자 비가 그치고 날이 반짝 개었다.

교통사고로 허리를 심하게 다쳐서 잠시 휴직상태다.

아이들을 일찍 학교에 보내 놓고 이른 김장을 하려고 시댁으로 가던 중에 사고를 당했다. 내가 탄 승용차는 안양여고 사거리에서 신호대기 중이었다. 아침 일찍이라 버스 기사님이 잠이 덜 깬 상태여서 신호를 놓치신 모양이다. 그냥 달려들어 우리 차를 들이받았다. 뒷좌석에 앉아있던 나는 운전석까지 밀려 나갔다가 다시 제자리에 주저앉았다. 꼬리뼈가 빠지는 느낌이 들었다.

허리를 심하게 다쳤지만, 워낙 엄살을 부리지 못하는 성격이고 또 시댁에는 200 포기가 넘는 배추가 쌓여 있어서 무작정 입원할 수가 없었다. 통증을 참고 김장을 마무리했다.

다음날이 되니 생각했던 것보다 훨씬 상태가 안 좋았다. 입원하는 순간부터 대소변을 받아내야 하는 상황이었다.

퇴원 이후에는 시간만 나면 걷기 운동을 했다. 요통 환자에게 좋은 게 수영이지만 나는 물을 무서워하기 때문에 걷는 방법을 택했다. 혼자 안양천 산책 코스를 걷는데 가끔은 막내아들이 동행해 주기도 한다.

붉은색으로 표시된 곳은 자전거도로, 녹색으로 표시된 곳은 산책로다. 길 양옆으로 만발한 야생화들이 축제를 열었다. 때를 잊은 코스모스는 흰색과 분홍색 그리고 보라색이 어우러져 피어있다. 보라색 코스모스는 그냥 보고 스쳐버리기 아까워서 핸드폰 카메라로 찍어 저장해 두었다. 마치 여고 시절로 돌아간 느낌이다. 노란색 원추리꽃, 보라색 붓꽃, 층꽃, 분홍색 꼬리조팝……. 꽃과 어우러진 물억새는 어느새 내 키보다 더 크게 훌쩍 자랐다. 비가 내린 다음이라 산책로 주변은 깨끗하게 씻겨 있고, 억새밭 사이사이에서 쓰르라미와 귀뚜라미가 구슬프게 울어댄다. 어느새 소슬한 가을이 문 앞에 다가와 있는 듯했다.

갑작스러운 폭우로 안양천 물이 무섭게 불어났다. 어제까지 잘 뛰어놀던 물고기 떼와 청둥오리 떼가 자취를 감추었다. 어디 멀리 떠내려간 건 아닌지 걱정이다.

은빛 노을을 일렁이며 불어난 물 위로 할머니의 모습이 아른거린다. 어릴 적에 난 할머니 닮았다는 소리를 많이 들었다. '제 에미를 닮았으면 아주 예쁠 텐데 할머니를 닮아서 못났다' 고 했다. 그런 말을 들으면 나는 그 자리에 주저앉아서 대성통곡했다.

할머니는 치마허리에 벨트가 들어간 것처럼 빳빳하고 왼쪽에 마이깡(후크)이 달린 옷을 입으셨다. 왼쪽 눈 밑에 눈물점이 크게 있고 잘 웃지 않으셨다. 어린 내 눈에도 할머니 모습은 고집 세고 무서워 보였기 때문에, 그런 할머니를 닮았다는 말은 듣기 싫었던 모양이다.

할머니는 나를 많이 사랑하셨다. 내가 둘째 딸을 낳았을 때는 다음번엔 아들일 테니 하나만 더 낳으라고 입에 침이 마르도록 말씀하셨다. 남의 집 대를 끊어 놓으면 안 된다고 하셨다.

셋째 아이가 생겨서 입덧으로 심하게 고생할 때 할머니는 하늘나라로 급히 떠나셨다. 가시면서도 손녀가 눈에 밟혔던지 꿈으로 찾아오셨다. 친정집 앞 큰 개천에 맑은 물이 가득 넘쳐흐르고 이쪽저쪽에서 팔뚝만 한 잉어들이 폴짝폴짝 뛰노는데 할머니가 나를 부르셨다. 정분아, 얼른 들어가서 치마로 한 마리만 잡아 오너라, 하고는 물속으로 내 등을 냅다 떠밀어 넣었다. 얼떨결에 잉어 한 마리를 치마로 감싸 안으며 놀라서 눈을 떴다.

아이를 갖기 전에도 비슷한 꿈을 꾸었고, 입덧할 때도, 아이 낳기 이틀 전에도 똑같이, 잉어를 잡으라고 말씀하시는 할머니

꿈을 꾸었다. 할머니의 간절한 바람에 하늘도 감탄했는지 다행히 건강한 아들을 낳았다. 할머니가 보내주신 선물인 듯하다.

그 아들이 벌써 장성해서 말동무가 되어준다. 산책로를 함께 걸으면 심심치 않다. 아들에게 외증조할머니에 대한 이야기를 들려주고 우리는 다시 걷기를 시작한다.

산책로를 걷는 사람들 걸음걸이도 각양각색이다. 나는 허리 통증 때문에 오리걸음을 걷는데, 나와 비슷하게 걷는 사람도 종종 눈에 띈다. 나 말고도 허리가 아픈 사람이 많은가 보다.

산책로를 걸으면 운동도 되고, 또 사색을 즐길 수도 있다.

이 산책로를 찾는 사람 중에 색소폰을 연주하는 아가씨와 아저씨가 있다. 아저씨는 가끔 나오지만, 아가씨는 매일 나와서, 봄날은 간다, 아직도 못다 한 사랑 등 템포가 느린 애잔한 노래만 불어댄다. 무슨 애달픈 사연이라도 있는 것인지.

엊그제까지는 직장과 집안일에 쫓겨서 하루가 25시간이면 좋겠다고 생각했다. 그런데 일이 없는 요즘은 24시간이 너무 길고 지루하다. 수업만 끝내고 얼른 들어와서 나랑 놀아달라고, 나이에 맞지 않게 둘째 딸에게 어리광을 부린다. 혼자 있는 시간이 길어지면서 우울증도 생겼다. 다람쥐 쳇바퀴 돌 듯 매일 정신없이 바쁘다가 일손을 놓고, 게다가 사고 후유증으로 몸을 움직이는 게 쉽지 않으니, 짜증만 늘어간다.

빨리빨리 회복되어 25시간도 모자랄 정도로 일하던 그때처럼 다시 직장으로 돌아가겠다고 다짐한다.

잠시 그쳤던 비가 다시 내리기 시작하였다. 마음이 급해진 막내가 발길을 재촉한다. 내 발걸음도 덩달아 빨라진다.

# 막둥이의 화려한 외출

아들이 교복 입고 마지막으로 등교하는 졸업식 날이다. 위험한 곳에서 놀다가 다치면 엄마가 걱정한다면서, 놀이터에도 나가지 않겠다던 아들이다.

아들이 초등학교에 입학하고 얼마 지나지 않았을 때다. 학교 끝나고 바로 친구 집으로 가서 4시간 동안 연락이 두절된 일이 있었다. 나는 분명 납치되었을 것이라고 학교와 경찰서에 신고했다. 그날 아들은, 너무 심심해서 친구 민창이와 놀다 왔다면서, 놀라서 호들갑을 떠는 나를 이해할 수 없다는 표정을 지었다. 놀이터에도 안 가던 아들의 화려한 첫 외출은 그렇게 요란했다.

그 일이 있고 난 뒤부터는 친구 집에 가거나 학교에서 조금만 늦어도 꼭 집으로 연락했다. 아주 착한 아들이다.

유난히 조용하고 내성적이던 아들은 초등학교에 들어가면서 자기방어 차원에서 합기도를 배우기 시작하였다. 누나들 사이에서 태어난 막내라 그런지 체력이 약했는데, 합기도를 배우면서 나날이 건강해졌다. 밥 먹기를 그렇게 싫어하더니 운동을 시작한 후에는 잘 먹고 잠도 잘 잤다.

운동이라고는 고작해야 숨쉬기 운동만 하는 나를 닮아서 그런지 체급을 올리는데 남들보다 훨씬 긴 시간이 걸렸다. 초등학교 1학년 때부터 6학년 때까지 합기도 2단 28급을 땄다. 다행히 팔에 금이 가는 부상 빼고는 크게 다치거나 상처를 입지 않았다.

체급을 3단까지 따고 싶어 했지만 중학교에 입학하면서 좀처럼 시간이 나질 않았다. 할 수 없이 아들은 운동을 포기했다.

고등학교에 입학하면서는 작곡 공부를 하고 싶다고 했다. 대학에 가서 실용음악을 전공하길 바랐다. 이런 아들의 원대한 꿈은 P 음악학원에서 작곡을 가르치던 젊은 교사의 한마디 말에 그만 수포가 되었다. 말 한마디로 천 냥 빚을 갚는다는 속담도 있다. 아이들을 가르치는 젊은 교사가 학생들의 꿈을 너무 쉽게 잘라버린 셈이다. 아들은 직설적인 것보다 에둘러 말하는 걸 좋아했다. 젊은 교사의 직설화법에 스스로 놀라서 꿈을 포기하고 말았다. 좋은 노래를 작곡해서 나를 감동하게 해 주겠다던 아들의 꿈은 12개월 만에 물거품처럼 사라져 버렸다.

아이는 실패를 거울삼아 다시 공부를 시작했다. 학원에서 가르쳐 주는 대로 열심히 노력한 결과 다행히 집 근처에 있는 대학에 당당히 합격하였다.

아들은 음악도 아니고 공부도 아닌 교차로에서 누구보다 많은 스트레스를 받았을 것이다. 그 아픔과 고통을 이겨내고 합격한 아들이 대견하고 자랑스럽다. 하지만 오늘, 누구보다 행복할 아들의 졸업식에 엄마는 없다.

6개월 전에 손가락 신경이 끊어지는 사고를 당해서 재수술하고 입원 중이다. 아들의 졸업식에 참석하지 못하고 병실에서 먼 하늘만 바라보고 있다. 세 아이의 입학식, 졸업식만큼은 꼭 참석하려고 노력했는데, 그것도 쉽지 않다. 아들의 중학교 졸업식 날도 회사 교육을 받느라 참석하지 못했다. 이번에도 환자가 되어 입원실에 있으니 어찌할 도리가 없다. 아들에게 미안하다. 자랑스럽고 또 대견하고 고맙다.

이제 고등학교를 졸업하면 아들은 사회 초년생이면서 대학생이 된다. 더 많이 배우고 더 멀리 볼 수 있게 시야를 넓혔으면 좋겠다. 공부도 건강이 허락해야 열심히 할 수 있으니, 학교 수업 때문에 포기했던 운동을 다시 할 수 있도록 뒷받침해 줘야겠다.

아들!!! 끝까지 힘내고 노력하자. 파이팅.

# 울타리

이른 새벽. 해도 뜨지 않은 컴컴한 시각에 눈이 떠진다. 여행을 앞두고 어린아이처럼 설레는 건 나이를 먹어도 똑같다. 여행지를 상상해 보면서 챙겨야 할 물건들을 체크한다. 이것저것 준비하고 계산하다 보니 어느새 문틈으로 햇살이 기웃거린다. 새벽 5시였다. 새벽 5시도 한 여름이라 대낮처럼 환하다.

시어머님의 팔순 기념으로 4대 25명의 가족이 처음으로 떠나는 가족여행이다. 목적지는 강원도 횡성. 장거리 여행이라서 6시까지 큰 시누이가 사는 관양동에서 모이기로 했다. 늦지 않으려고 부지런히 서둘렀다.

어머님의 회갑 여행 때는 늦둥이를 낳고 몸조리하느라 함께 가지 못했다. 이번에도 휴가 내기가 만만치 않아서 눈치가 보이긴 했지만, 꼭 동행해야만 했다. 회갑 때도 함께하지 못했고, 형님네와 시누이가 화해할 기회였다.

비록 피는 섞이지 않았지만, 눈빛만 봐도 통하는, 말할 수 없이 편안한 가족이다. 그러다가 어떨 때는 가까운 이웃보다 더 불편하고 낯설다.

과유불급過猶不及이라고, 너무 과하게 관심을 두면 안 되는 모양이다. 아이들 문제나 고부간의 갈등으로 남편과 싸우게 될 때 특히 그렇다. 오죽하면 유행가에도 나올까. 님이라는 글자에 점 하나만 찍으면 남이 된다. 어쨌든 우리가 가족이라는 한 울타리 안에 모였으니까 서로 대화로 풀었으면 하는 바람이었다.

말 한마디가 큰 오해를 불러일으켰다. 작은 불씨에서 큰 산불이 나는 것처럼 오해가 오해를 낳다 보니 그것이 크게 불거져서 가족 간에 서먹서먹하게 지내게 되었다. 사람이 살면서 어찌 좋은 일만 있을까. 어머님의 팔순 여행으로 조금씩 양보하고, 서로의 입장을 바꿔서 생각하게 되었다. 누구나 자기 입장만을 생각하고 양보하지 않는다면 아무리 좋은 집안이라도 울타리를 쉽게 벗어날 것 같다. 나이를 먹을수록 양보하는 미덕과 상대방을 존중할 줄 아는 마음이 필요하다는 생각이다.

나는 막내며느리의 임무를 충실히 수행했다. 아무것도 모르는 양 가족들 사이에 끼어서 애교를 부리며 재롱을 떨었다. 생신을 맞은 어머니께는 인견으로 된 고운 옷 한 벌을 사드렸다. 비록 명품은 아니지만 그래도 어머니의 취향대로 잘 고른 것 같다.

컬러랑 사이즈가 딱 맞는다고 어머니가 좋아하셨다. 선물 받은 옷으로 갈아입고 아이처럼 거울 앞에서 포즈를 취해가며 요리조리 보시더니 이내 밝게 웃으신다. 자주 전화하지 않는다고 살짝 못마땅해하셨는데, 그 웃음으로 서운한 마음의 보따리를 하나씩 풀어내기 시작하셨다.

25명이 숙소 거실에 둥그렇게 둘러앉아서 이른 저녁을 먹었다. 고기 굽고, 종이컵에 음료수랑 술을 채웠다. 큰 시누의 건배사를 따라서 크게 외치면서 한마음 한뜻으로 어머님의 생신을 축하드렸다. 서먹서먹하던 가족들의 얼굴에는 어느새 함박꽃이 활짝 피었다. 이런 게 행복이 아닐까.

돌아가면서 어머니께 덕담과 함께 큰절을 올렸다.

맞벌이에 핵가족 시대다 보니 형제지간도 자주 만나지 못한다. 더구나 사촌들까지 한자리에 모이기는 더더욱 어렵다. 가족 모두가 신경 써서 휴가를 얻은 결과로 한자리에 모이게 된 것이다. 누구보다도 어머니가 제일 좋아하셨다. 3주 뒤에 태어날 증손자까지 동행하게 되어서 너무너무 고맙다고 하시며 눈시울을 붉히셨다. 자신이 가족의 울타리로 존재한다는 게 뿌듯하신 모양이다. 아마도 5년 전에 하늘나라로 여행 가신 아버님이 그리우셨을 것이다.

식사 후에는 어른 팀과 조카 팀으로 편이 갈라졌다. 나는 어른팀에서는 막내고, 또 조카팀에서는 큰 조카와 12살이나 차이가 났다. 입장이 아주 어정쩡했다. 그래도 어른들 틈에는 끼고 싶지 않았다. 한 살이라도 어린 조카들과 한 팀이 되고 싶은 게 속내였다.

어른들은 고스톱을 치느라 정신이 없었다. 언성이 높았다 작아지기를 반복했다. 웃음꽃이 담장을 넘었다. 조카팀에서는 윷놀이가 벌어졌지만, 나이대가 천차만별이라 뒤죽박죽이었다. 룰을 모르는 어린아이들은 기분 내키는 대로 냅다 던져버려서 낙을 많이 당했다. 마지막엔 큰 시누이네 조카들이 우승했고, 작지만 용돈을 챙겨 주었다.

큰 시누이가 고스톱으로 용돈을 벌었다면서 노래방 비용을 댔다. 무조건 노래 한 곡씩을 부르기로 했다. 정 노래를 못 부르겠으면 춤이라도 추랬더니 노래보다 춤추는 이가 더 많았다. 흥겨운 시간이었다.

흐뭇하고 행복해하시는 어머니를 보니 어렵게 낸 휴가지만 따라오길 잘했다는 생각에 마음이 한결 가볍다. 다음에도 어머님 생신이 돌아오면 다 같이 여행을 가자고 약속했다. 울타리를 벗어나지 않고 모두 힘을 합쳐 준 가족들에게 고마움과 감사함을 문자로 전했다. 시어머니가 계셔서 가능한 소중하고 행복한 여행이었다.

Ⅴ. 야간열차야 가자

# 야간열차야 가자

2002년 한일 월드컵 경기가 한창일 때였다. 허리 디스크 증상이 심해졌다. 정형외과에서는 걷기 운동을 안 하면 수술할 수밖에 없다고 했다. 집 근처의 안양천변 산책로를 걷기로 했다.

허리 디스크를 나으려면 걸어야만 하는데 혼자서는 그게 잘 지켜지지 않았다. 목적이 생기면 오히려 걷기에 도움 될 것 같았다. 고민하다가 친구와 함께 새벽 신문을 배달하기로 했다. 많이 걷고 싶다고 했더니 배급소 소장님이 유원지 주택가가 좋겠다고 한다.

주택가는 신문이나 우유 배달이 아파트보다 훨씬 힘들다. 힘든 구역이기 때문에 주로 아르바이트 학생이나 신입사원들이 그 구역을 맡는다. 아침마다 150 가구에 신문 배달하는 건 생각처럼 쉽지 않았다.

분명히 5분 전에 집 앞에다 예쁘게 놓아두고 왔는데도 대리점으로 '오늘은 신문이 쉬는 날입니까?' 묻는 전화가 걸려 온다. 그때마다 '죄송합니다. 다음부터는 실수하지 않겠습니다.' 하고 다시 배달했다. 그 일이 여러 번 반복되었다. 그 집 주인은 나를 테스트하려고 매주 같은 요일 같은 시간에 전화했다. 그 사람의 잘못된 생각은 두 달도 못 가서 들통나고 말았다.

그 사람 덕분에 나는 3개월 만에 아파트로 구역을 바꾸게 되었다. 배달은 150가구에서 300가구로 늘었는데도 걸리는 시간은 같고 힘은 훨씬 덜 들었다. 월급도 두 배로 받았다. 돈을 받으면서 건강까지 챙기니까 점점 더 신이 났다. 소장님은 가끔 성과급도 챙겨 주셨다. 정말 고마운 분이었다.

수레에 가득 신문을 싣고 새벽공기를 마시면서 달리면 박진도 님의 야간열차란 노래가 떠오른다. '짠 짜자 자잔 짠짠 어둠을 뚫고 야간열차야 가자~ 내 야망 싣고 내일을 향해 가자 가자 가자 야간열차야' 이 노래처럼 언젠가는 나도 꼭 소망을 이룰 거라는 생각이 든다. 그래서 수레를 밀면서 매일 이 노래를 흥얼거린다. 노래 가사처럼 나는 수레에 가득하게 야망과 소망을 싣고 달리고 또 달린다. 그때 나는 꼭 집을 사고 싶은 소망이 있었다.

월드컵 경기 소식이 궁금해서 새벽잠을 못 이루고 거리를 헤매는 아저씨께 스포츠 신문을 5,000원에 팔기도 했다. 신문 한 부의 가격은 500원인데 아저씨는 우리나라 축구가 최초로 4강에 올라가서 몹시 흥분한 상태였다. 기분이 좋다면서 거스름돈 사천오백 원은 팁이라고 하셨다. 그 아저씨 때문에 나도 덩달아서 기분이 좋았다.

신문을 배달하고 돌아오면 꼭 뉴스 헤드라인을 읽는다. 세상 사는 이야기 속으로 나도 조금씩 스며든다.

하루는 경제지를 읽게 되었다. 5 면에서 '쉽게 풀어보는 경제 퀴즈' 3문제가 나와 있었다. 정답은 1 면부터 헤드라인에 나와 있었다. 기대하지는 않았지만, 혹시나 해서 엽서에다 예쁘게 정답을 적어 보냈다. 그리고 4 일 만에 전화가 왔다. 2 등으로 퀴즈를 맞혀서 현금을 입금해 주겠다면서 신한은행 계좌를 만들고 전화하라는 거다. 나는 반신반의하며 통장을 개설하고 전화했다. 이틀 만에 세금을 공제하고서 147,000 원을 입금해 주었다.

허리 디스크가 심해서 앉았다 일어나는 것도 마음대로 하지 못했는데, 신문을 배달한 지 10 개월 만에 앉았다 일어나는 게 아주 편해졌다. 믿을 수 없을 만큼 내가 씩씩해졌다. 걷기 운동하면서 건강도 챙기고 돈도 벌고 일거양득의 효과를 톡톡히 본 셈이다. 그리고 세상사를 알게 돼서 조금은 똑똑해지기도 했다. 두려웠지만 용기를 내서 수레에 가득하게 내 야망과 소망을 싣고 세상 속으로 힘찬 발걸음을 내디딘 덕분에 이처럼 좋은 일이 생긴 것 같다. 신문 배달은 정말 탁월한 선택이었다.

# 사십 일간의 여행

　여행을 계획해 놓으면 잠이 오지 않거나 설레는 것이 보통이다. 하지만 이번에 계획한 여행은 밖으로 가는 여행이 아니라 수술받기 위해서 병원에 입원하러 가는 여행이다. 그러니 설레기는 커녕 무섭고 은근히 짜증 날 수밖에 없는 여행이다.

　근무 중에 120kg의 행사 매대에 발이 눌리는 사고를 당했는데, 신경이랑 붙어 있는 곳까지 괴사가 된 상태다. 게다가 화장실에서 넘어져 어깨와 오른쪽 손목을 다쳤다. 의사가 수술을 권했는데도 약으로 치료를 해 달라고 부탁했다.

　수술이 무서워서 진통제만 맞으면서 버틸 수 있는 만큼 참고 버텼다. 주사 맞고 약 먹으면서 버틴 것이 오히려 병을 더 키웠고, 빨리 수술하지 않으면 안 되는 상황에 이르게 되었다. 의사는 상태가 매우 심각하다고 한다. 서둘러 수술 날짜를 잡을 수밖에 없었다.

　수술하기 전에 의사가 손목에 철심을 박아야 한다고 분명히 설명했다는데 나는 그걸 깜빡하고 잊어버렸다. 전신마취 후유증이었을지도 모른다.

마취에서 깨면서 화장실에 갔다가 넘어져 깁스한 오른쪽 손목을 비데에 찧었다. 손목과 비데가 맞닿을 때 자석처럼 달라붙는 느낌이 들었다. 순간 온몸에 전율이 흐르고 말로 표현할 수 없는 통증이 몰려왔다. 비 오듯 땀만 줄줄 흘리고 있는데 간호사가 달려왔다.

당황한 간호사는, 비상벨을 누르지 왜 이렇게 고생하느냐고 했다. 나는, 어지럼증도 심하고 또 왼쪽 발까지 한꺼번에 수술해서 도대체 움직일 수가 없다고 말했다. 그러면서 오른쪽 손목에 철심이 들어 있는 것 같다고도 했다. 간호사는 손목에 철심 박았는데, 원장님 말씀 못 들었느냐고 오히려 내게 되물었다.

다음 날 아침에 회진하러 들어온 담당 의사가 간호사실 앞에 있는 컴퓨터 앞으로 나오라고 하더니 서슴없이 컴퓨터를 켰다. 의사가 '아 고놈 참 예쁘게 잘 들어가 있네.' 하는데 나는 깜짝 놀랐다. 정말 20cm 가까이 되는 철심이 하얗게 자리를 잡고 있는 게 보였다. 차마 수술 전에 철심에 관한 설명은 못 들었다고 할 수 없었다. 철심이 자리만 잘 잡으면 그 지긋지긋한 통증도 사라질 거니까 조금만 참으라고 하면서 의사는 유유히 진료실로 향하였다.

무통제를 맞으면 그나마 조금이라도 통증을 줄일 수 있지만 특이체질이기도 하고 무통제 알레르기가 심한 나는 그 엄청난 통증을 고스란히 참을 수밖에 다른 방법이 없다. 그렇다고 진통제를 자주 맞을 수도 없다. 진통제 때문에 간 수치가 한없이 올라가기 때문에 꼼짝 못 하고 2박 3일 동안 밤낮을 침대에 쭈그리고 앉아서 보냈다.

처음 계획했던 사십 일이 다 되어 가는데 하늘 높은 줄 모르고 올라간 간수치는 도무지 내려오지 않았다. 날이 갈수록 어지럼증이 심해졌다. 환자인 나도 담당 의사도 예민하긴 마찬가지였다. 화장실에서 넘어졌을 때 3년 전 수술했던 왼쪽 어깨 인대 두 개와 힘줄까지 끊어졌다. 바로 수술해야 하는데 올라간 간 수치 때문에 불가능했다. 고민하던 의사는 마침내 퇴원을 권유했다. 뼈가 부러진 것은 수술로 고칠 수 있지만 한 번 망가진 간은 수술도 못 하고 고칠 방법이 없다는 것이다.

간 수치도 안 떨어지고, 수술도 못 했으니 퇴원할 수는 없었다. 걱정스러운 눈초리로 퇴원을 권하는 의사에게, 퇴원했다가 다시 입원하기는 어려우니 며칠만 더 치료를 해보고 그때도 간 수치가 안 떨어지면 퇴원하겠다고 약속했다.

일주일 뒤에 다행히 간 수치가 50퍼센트 정도 떨어졌다. 그래도 120에 가까워서 수술하기 적합한 수치는 아니라고 의사는 망설였지만 내 입장을 고려해서 어깨 수술을 해 주었다. 이번에도 역시 무통제나 진통제는 최소한만 사용하면서 통증을 견뎌내야 했다. 스트레스를 덜 받으면 간 수치가 떨어진다고 하는데 내 간 수치는 떨어질 줄을 모르고 있어서 사십 일 동안 여행하려던 것이 오십오 일간의 여행으로 바뀌었다.

너무 긴 시간 집을 비워서 엉망일 줄 알았는데 오히려 내가 집에 있을 때보다 집안이 더 깨끗했다. 집에 돌아와서도 움직이면 안 된다고 식구들이 똘똘 뭉쳐서 2박 3일 동안 치웠다고 한다. 가족들의 소중한 사랑을 확인하는 좋은 계기였다. 앞으로는 병원이 아닌 추억을 쌓을 수 있는 긴 여행을 계획해야겠다.

# 내게 주는 선물

한때는 하루가 스물다섯 시간이면 좋겠다고 생각했다. 아이들을 키우면서 직장에 얽매어 눈코 뜰 사이가 없었다. 하루라도 직장을 쉬면 큰일이라도 나는 것처럼 착각하고 살았다. 몇 년 전에 교통사고로 입원한 적이 있었는데, 그때도 혹시 누가 내 자리를 탐낼까 봐 조바심을 냈다. 나처럼 나이 먹은 주부라면 한 번쯤은 비슷한 생각을 했을 것이다. 자리를 비워 둘 수가 없으니까, 빈자리가 생기면 우선 채우고 본다. 서비스업이라 더욱 그랬을 것이다. 일자리가 넉넉지 않으니, 자리를 빼앗기지 않으려는 신경전이 벌어지기도 한다. 가끔은 남의 불행이 내 행복이 될 때도 있다.

어느새 지천명이다. 광고에서 나오는 것처럼 나이는 숫자에 불과한 줄 알았다. 하지만 나이는 숫자에 불과한 것이 아니라는 걸 곧 깨달았다. 나이를 먹으면 먹는 만큼 병명들이 계급장처럼 따라붙는다. 꼬박 열두 시간을 서서 일하니 다른 사람들보다 훨씬 더 많은 병을 달고 사는 것 같다. 동료들도 허리 디스크, 하지 정맥과 방광염을 많이 앓는다.

7년 전에 교통사고를 당하고부터 건강에 주황색 불이 켜졌다. 조심하라는 위험신호를 수없이 받았지만, 별일 없을 거라 자만했다. 젊다고 착각하고 있었는지도 모른다. 지난해부터 디스크가 말썽을 부리더니 급기야 협착증으로 변해서 결국 시술받았다. 시술만 받으면 괜찮을 거라고 했는데 전혀 효과가 없었다. 시술받고 휴식을 취해야 하는데 바로 복직한 게 문제였다. 엎친 데 덮친 격으로 이번에는 어깨도 이상이 생겼다.

어깨 수술은 다른 수술보다 쉽다는 데도 한 달 동안 병가를 내야만 했다. 바쁜 시즌이 시작되기 전에 수술해야 할 것 같아서 서둘러 휴가를 냈는데, 난데없이 간 수치가 높아져서 이틀이나 수술이 지연됐다. 혈액검사를 여러 번 했으나 수술할 수 있는 수치까지 떨어지지는 않았다. 그렇다고 계속 기다릴 수도 없었다. 망설이던 의사는 시간이 없는 나를 위해서 수술을 진행해주었다. 수술 중간에 혈압이 올라가서 마취에서 조금 늦게 깨어났지만, 수술은 잘 되었으니까 마음을 놓으라고 한다.

늘 바빠서 허둥대다가 병실에 갇혀있으니 굉장히 답답하고 지루했다. 갇혀 있는 나를 위해서 가족들이 시간을 쪼개서 병간호를 한다. "내가 무슨 환자야?" 했더니 딸아이는 "환자가 아닌데 수술하나요? 다른 생각하지 말고 몸이나 잘 챙기세요.” 이번 기회에 몸조리를 잘하고 회복되어서 그다음 일을 생각하자고 한다.

얼마 전까지는, 바빠서 커피 한 잔도 마음 놓고 못 마신다면서 엄살을 떨었다. 그런데 이렇듯 휴가 아닌 병가를 내고 보니 왠지 어설프다. 오히려 부자연스럽기까지 하다. 가족들이 신경 써서 챙겨주는 게 고마우면서도 한편으로는 매우 어색하고 불편하다. 내가 가만히 있어도 집 안은 깨끗하고 모든 일이 척척 이루어진다. 꼭 내 손이 닿아야만 집안 곳곳이 깨끗해지는 줄 알았는데, 그건 착각이었다. 살짝 서운한 마음이 들 정도다.

나 자신에게도 휴가라는 명목으로 가끔 선물을 줄 걸 그랬나 보다. 그랬더라면 가족들에게 더 잘할 수 있지 않았을까.


올해는 우리 가족 모두가 바쁘다. 남편은 승진을 위해서, 큰아이는 사업을 시작했으니 그 누구보다 바쁠 것이다. 대학 졸업을 앞둔 둘째는 대학원 준비 중이다. 우리 집 막둥이는 말만 들어도 스트레스를 받는다는 고3이다. 적성에도 맞고 하고 싶은 일도 예능 쪽이라 그쪽으로 공부하고 있다. 물론 수시 원서를 쓸 계획이지만 수능도 차분히 준비해야 할 것 같다. 앞으로 10개월만 지나면 우리 가족 앞에 결과물이 나올 것이다. 한 해 동안 정말 알차게, 보람 있게 열심히 잘 살았노라고 얘기할 수 있게 되기를 기다려 본다.

# 또 다른 일

　지난해 정년퇴직한 남편이 자기 고향에서 텃밭을 가꾸며 작은 가게를 운영해 보면 어떻겠느냐고 넌지시 물었다. 다시 직장생활을 시작하면 또 퇴직 걱정을 해야 하는데 시댁의 가게를 운영하면 퇴직 걱정은 없을 것 같았다. 흔쾌히 승낙했다. 이것이 내가 선택한 또 다른 일인 두 번째 직장, 마트의 안주인이다.

　시댁의 가게이다 보니 남편 입장과 내 입장은 하늘과 땅 차이만큼 다르다. 꽤 오랜 시간이 지나고 나서야 그걸 알게 되었다. 내가 제일 좋아하는 시금치도 이제 먹지 않게 되었다.

　사무직으로만 근무했던 남편을 믿고 무작정 일을 벌일 수는 없었다. 서비스 업무를 한 나도 문외한이기는 마찬가지여서 아이들과 상의하였다. 두 딸은 소상공인을 위한 창업 교육을 받아보면 도움이 될 거라며 추천해 주었다. 내친김에 큰딸은 인터넷으로 우리에게 딱 맞을 만한 창업 교육 프로그램에 수강 신청까지

해 주었다.

강의는 5월부터라고 했다. 직장을 그만두기 전이라 시간 내기가 힘들 것 같았다. 더구나 5월은 가정의 달이고, 백화점 세일이 겹쳐 있었다. 매니저인 내가 사교육을 받겠다고 자리를 비울 수는 없었다. 고민하고 있는데, 마침 중동 호흡기 질환인 메르스 여파로 교육이 8월로 연기되었다. 메르스 때문에 이런저런 피해가 발생했지만 나는 오히려 메르스의 도움을 받은 셈이다.

8월 17일에 첫 강의가 시작되었다. 수업 시간 30분 전에 도착해서 출석 체크를 하고 2개월에 걸쳐 60시간 동안 진행될 시간표를 받았다. 그 순간부터 설레기 시작하였다. 시간표에 바리스타 실습과 제과제빵, 그리고 요리 실습에 이어 창업을 위한 사업 계획서를 작성하는 법까지 아주 세밀하게 짜여 있었다.

첫 수업부터 흥미진진했다. 커피를 좋아하는 탓에 특히 바리스타 수업에 마음이 끌렸다. 실습하면서 에스프레소를 비롯한 다양한 커피를 원 없이 마셨다. 선생님과 상담도 많이 했다. 마트의 자투리 공간을 이용하여 테이크아웃 커피를 팔면 어떨까 여쭈었더니 아이템이 신선하고 좋다는 평을 하셨다.

2개월의 창업 교육을 마친 후에는 바리스타 수업 60시간을 추가로 더 받았다. 제과제빵 시간에는 아이들이 좋아할 과일 생크림케이크도 만들었다. 통닭과 해물짬뽕을 만드는 요리 실습까지, 단 한 번의 지각 결석 없이 모든 과정을 무사히 마쳤다.

마지막 수업 시간에는 사업계획서를 작성해 보았다. 남편이랑 마트를 운영할 장소는 작은 마을이다. 인근에 공장이 많고 도로 옆이라는 장점은 있지만 유동 인구는 그리 많을 것 같지 않았다. 생각 끝에 일일 매출 목표를 50만 원으로 잡았다. 소신껏 정했는데 발표하는 시간에 의외로 동료들의 반응이 좋았다. 덕분에 약간 희망이 보이는 것 같아서 어깨에 힘이 들어갔다.

이제 10월이면 사업을 시작한 지 1년이 된다. 수입은 계획했던 것보다 훨씬 잘 나오지만 그사이 시행착오도 많이 겪었다. 담배를 외상으로 주면 저녁때 갚겠다는 동네 사람도 있고, 또 아들을 데리고 와서는 부부싸움 하는 바람에 깜빡하고 지갑을 안 가져왔다면서 외상을 요구하기도 했다. 저녁때 꼭 갚겠다더니 6개월째 함흥차사다. 반면에 거스름돈을 극구 사양하는 이도 있다. 주머니에 넣어 봐야 잃어버리기만 하니 필요 없다는 것이다. 친절하고 깨끗해서 자주 찾아온다는 고객 때문에 은근히 힘이 생긴다. 아침마다 커피를 마시러 오는 부산 아저씨도 있다. 내가 만들어 주는 커피가 맛있어서 힘이 솟아난다고 한다. 늘 내게 희망을 주는 고객님이다. 이런 분들 때문에 두 번째 직업인 또 다른 일은 내게 큰 용기와 희망을 안겨주는 엔도르핀이다. 지금의 매출 두세 배가 될 때까지 더 친절하고 더 깨끗하게 꾸준히 노력하여 꼭 성공하고 싶다.

# 그땐 왜 몰랐을까

매출이 인격이라는 말은 들을 때마다 신경이 쓰인다. 결과가 나쁘면 열심히 일하지 않고 농땡이만 부렸다고 생각하는 것 같아서 그 말이 제일 듣기 싫다. 열심히 일했는데 매출이 부진하면 증명할 방법이 없어서 시커멓게 속만 탄다.

15년 가까이 백화점에서 근무했다. 날마다 매출 때문에 신경을 곤두세웠다. 특히 꼬리표처럼 따라다니는 동종업계의 매출에 더 신경이 쓰였다. 본사 목표매출을 달성하고 받는 상여금과 거기에 더해 동종업계에서 1등 했을 때의 상여금은 상당히 차이가 크다. 매일매일 매출 전쟁을 치러야 조금이라도 상여금을 더 받을 수 있었다. 매출 스트레스로 결국은 만성위염과 신경과민이 생겼다.

휴무일도 나는 집안에서 손전화를 들고 다녔다. 부엌에서 일할 때나 식사할 때도 손전화를 놓지 못했다. 밥을 하면서 통화하는 일이 다반사였다. 전화기를 가스레인지 위에 올려놓고는 깜빡하고 불을 켜는 바람에 큰일 날 뻔한 적도 있다.

휴무 다음 날엔 남들보다 먼저 출근해서 판매 일보를 정리하고 수선 상품과 재고상품을 정리한다. 그러고 난 후에야 직원들이 출근한다. 나를 보는 그들의 시선이 곱지 않다. 판매 일보와 상품을 체크하는 게 기분 나쁜 모양이다. 그래도 어쩔 수 없다. 그렇게라도 극성을 떨어야 상여금도 많이 받고 직원들과 행복할 수 있으니까. 매니저 업무와 직원의 일이 엄연히 다르니 어쩌겠는가.

지난해에 다니던 직장을 그만두고, 정년퇴직한 남편과 작은 구멍가게를 차렸다. 엊그제 시작한 것 같은데 벌써 1년이다. 그런데 남편에게서 나와 비슷한 행동을 발견하는 순간 너무너무 놀랐다. 예전에 내가 그랬던 것처럼, 남편은 외출에서 돌아오면 매번 아무 말 없이 매출부터 확인한다. 마치 내 근무 태도를 점검하는 것 같다. 일거수일투족을 남편에게 감시당하는 것 같아서 살짝 기분 나빴다.

백화점에 근무할 땐 왜 몰랐을까. 그때 직원들의 표정이 어두웠던 것도 그 이유였을 텐데, 나는 그런 걸 눈치채지 못하고 있었으니. 이제야 같이 일했던 직원들에게 너무 미안하다.

매출이 많이 나온 날은 직원들이 서로 매출 보고를 하겠다고 야단이지만 매출이 부진할 땐 아무도 내게 오지 않는다. 서로 눈치만 본다. 매출 때문에 내가 얼굴을 찡그려도 직원들은 아무 말 않고 잘 참고 견뎌 주었다. 그런데 나는, 열심히 노력했는데 매출이 부진한 걸 어떻게 하느냐고 남편한테 항의한다. 남편은 요즘 내 표정만 봐도 매출을 안다고 했다.

지금 내 남편이 나한테 하는 것처럼, 그때 나도 직원들을 너그럽게 이해하지 못했다. 후회된다. 속이 아프더라도 직원들을 다독이고 감싸줬더라면 함께 노력해서 훨씬 더 좋은 성과를 거두지 않았을까. 그땐 왜 그런 걸 몰랐을까. 너무 아쉽지만, 시간을 되돌릴 수도 없다. 이미 지나간 일이지만 그때의 직원들에게 매우 고맙다.


2016년의 여름 날씨는 여러 번 신기록을 세웠다. 매일 기온이 상승하는 바람에 얼음물과 얼음커피 매출이 훨씬 많이 늘었다. 수박주스와 컵빙수도 매출을 올리는데 크게 효자 노릇을 하고 있다. 어젯밤엔 태풍으로 비가 많이 내렸다. 절대로 꺾일 것 같지 않고 기세등등하던 더위도 태풍이 몰고 온 단 한 번의 소낙비 앞에서 맥을 못 춘다. 하룻밤 사이에 가을이 성큼 다가왔다. 가을이 더 깊어지기 전에 신메뉴를 개발해야겠다. 그래야 매출을 확인하는 남편의 얼굴에 함박꽃이 필 테니까.

# 짝사랑

　귀농도 아니고 그렇다고 큰 사업을 하는 것도 아닌 어중간한 위치에서 남편의 고향에 새롭게 둥지를 틀었다.

　남편이 운영하는 마트 앞에 마침 텃밭이 있었다. 400평 정도여서 틈틈이 지으면 될 것 같았는데 그건 어디까지나 내 착각이었다. 농사는 아무나 짓는 게 아니었고, 평수와 상관없이 농사를 짓는 것 자체가 힘든 일이었다. 이 지구상에서 농사짓는 수많은 농부에게 경의를 표한다. 평수가 작다고 나 혼자도 충분히 할 수 있다고 호언장담했던 내 자존심은 종잇장처럼 구겨지고 말았다. 남편의 도움 없이는 아무것도 할 수 없었다.

　첫해는 시어머니가 권유하는 대로 수동적으로 움직이기만 했다. 이듬해에는, 기왕에 텃밭을 가꾸려고 마음먹었으면 어떤 것이든 꼭 결실을 얻고 싶었고, 마늘 농사를 짓겠다는 과감한 계획을 세웠다. 실천하기까지 꽤 여러 날이 걸렸다. 한 달은 족히 걸린 것 같다. 도전장을 내기는 했지만 정말로 해낼 수 있을지 의문스럽고 두려웠다.

마늘 농사를 시작한 건 11월 마지막 주다. 보통은 10월에 심는다고 하는데, 너무 늦었다 싶었지만 포기하기 싫었다. 먼저 육쪽마늘을 한 톨 한 톨 분리해서 농약에 살짝 담갔다. 농약에 담가두어야 썩지 않고 굼벵이도 생기지 않는다고 농협에서 가르쳐 주었다. 그런 다음 꺼내서 물기를 뺐다.

밭에 마늘 8접과 양파 2판, 대파 2판을 심는 데 4일이나 걸렸다. 비 오는 날은 우산까지 쓰고 밭에 나갔지만, 가게 일 하는 틈틈이 심어야 해서 어쩔 수가 없었다. 게다가 손목이 아파서 수술 예약도 잡혀 있다. 힘이 많이 들었다.

그렇게 힘들게 마늘을 심어놓고 나니 그날부터 마늘에 대한 내 짝사랑이 시작되었다.


마늘을 심어놓고 오른쪽 손목을 수술하기 위해서 입원했다. 수술 상담을 할 때는 2주일이면 퇴원을 할 수 있다고 해서 대수롭지 않게 생각했다. 하지만 수술이 진행되는 과정에서 입원 기간이 3배로 길어졌다. 긴 시간 동안 병원에 있는 게 지루해서 하루는 외출증을 끊어서 마늘밭에 가 보았다. 하얗게 쌓인 눈 위로 병아리 눈물만 한 초록색의 마늘 싹이 보였다. 눈 속을 비집고 나온 게 어찌나 신기하던지 수술을 받은 지 2주밖에 안 된

오른손으로 마늘 싹을 쓰다듬어 봤다. 지각은 했지만, 임무 수행을 완성한 마늘이 참 대견했다.

병원으로 돌아와서도 핸드폰으로 찍은 마늘을 보여주며 자랑하느라 시간 가는 줄 몰랐다. 옆에 있는 환우들은 '아이쿠 처음 심어봤으니 저렇게 짝사랑하지!' '난 이제 농사일은 생각하기도 싫어' 했다. 그들의 말이 내 부푼 가슴에 찬물을 끼얹었지만, 그래도 마늘은 하루가 다르게 잘 자라 주었다.

가게에서 스트레스를 받다가도 텃밭에 나가 웃자란 마늘을 보고 있으면 금방 생기가 돌고 기운이 났다. 힐링이 되면서 엔도르핀이 샘솟았다. 마치 마늘이 내게 말하는 것 같았다. 임무 완성할 때까지 조금만 참고 기다리라고.

1주일에 한 번은 마늘밭의 잡초를 뽑아 주었다. 마늘은 하루가 다르게 쑥쑥 자랐다. 심은 지 다섯 달쯤 되니까 서서히 마늘종이 나오기 시작했다. 마늘종은 뽑지 않고 가위로 뚝뚝 잘라주었다. 마늘종을 뽑으면 마늘의 씨알이 작다는 말을 들어서다.

유난히 가뭄이 심해서 틈틈이 수돗물을 받아다 줬다. 물을 받아주는 건 한계가 있었다. 그것으로는 마늘을 흠뻑 적셔줄 수가 없었다. 할 수 없이 수확을 열흘 정도 앞당겼다. 보통은 하지 전후로 수확한다.

남편은 마늘에 상처가 생길까 봐 한 톨 한 톨 정성을 들여가면서 삽으로 흙을 퍼 올렸다. 나는 남편이 퍼 올리는 흙 속에서 마늘을 찾으면서 콧노래를 불렀다. 보물을 캐는 것처럼 뿌듯했다.

생각했던 것보다 마늘이 훨씬 잘 자랐다. 원래 육쪽마늘이라서 48접 정도는 나와야 백 퍼센트 성공이라는데 거기에는 못 미치는 수확이었다. 그래도 심은 양의 4.5배는 나왔다. 그것도 완벽한 성공이라고 생각한다. 첫 농사인데 이 정도면 아주 괜찮은 성적 아닌가.

남편과 아들의 도움이 없었다면 그 정도도 성공하지 못했을 것이다. 비록 많은 양은 아니지만 친정 부모님과 시어머님 그리고 형님네, 정을 나누고 사는 지인들에게 조금씩 선물했다. 받는 기쁨보다 주는 즐거움이 몇 곱절이나 뿌듯하다. 돌아오는 가을에는 지난해보다 마늘을 더 많이 심어야겠다. 그래야 더 많은 이웃과 나눠 먹을 수 있을 것 같다.

정성에 비해 백배 천배 더 값진 수확을 얻고 보니 마늘을 짝사랑하길 너무 잘한 것 같다. 잘 자라준 마늘이 고맙다.

# 지네

남편이 운영하는 마트에서 수제 커피를 판매한다. 쓰던 원두
가 떨어져서 새 봉지를 꺼내는데 검은 그림자가 스르륵 지나갔
다. 지네였다. 약 15cm 정도의 크기였는데, 행동이 어찌나 빠르
던지 눈 깜짝할 사이에 숨어버렸다. 그 바람에 어느 쪽에서든 갑
자기 지네가 튀어나올 수도 있겠다 싶은, 두려운 생각이 들었다.

지네는 한방에서 한약재로 쓰인다는 정도만 알고 있었다. 나
는 시골 태생이고, 지천명을 지나서 이순耳順으로 가는 세월을
살지만, 지네는 처음 봤다. 그림책에서는 봤는데, 여러 개의 발과
시커먼 등껍질, 그리고 아랫배의 붉은색이 징그러워서 나도 모르
게 눈살을 찌푸렸다.

그 지네를 바로 눈앞에서 실물로 보게 되자 악! 소리밖에 나
오지 않았다. 금방이라도 나를 덮쳐올 것 같은 공포를 느꼈다.
얼른 지네가 숨어있는 곳을 향해 살충제를 분사하였다. 냄새가

얼마나 심했던지 지네가 숨는 걸 포기하고 나무늘보처럼 기어 나왔다. 뛰는 것처럼 왔다 갔다 반복하는 지네를 살짝 건드렸더니 정신이 나간 것처럼 이리저리 기어 다니다가 축 늘어졌다. 죽은 줄 알고 살짝 건드렸는데, 처음 마주쳤을 때보다 두 배는 더 놀랐다. 갑자기 다시 움직이기 시작했기 때문이다. 꾸물꾸물 기어가는 모습이 정말 죽을힘을 다하고 있는 것 같았다. 어떻게 해야 할지 몰라서 빗자루로 살살 쓸어다가 건물 밖에 있는 배수로에 넣어주었다. 누구의 방해도 받지 말고 물길을 따라가서 잘 살기를 바랐다.

　서산갯마을에서 나고 자랐지만, 지네를 실제로 본 건 그때가 처음이다. 마트에서는 주로 공산품을 판매했다. 비린내 나는 생선이나 육류는 취급하지 않으니, 지네가 있을 리 없다고 생각했다.
　지네는 도대체 어디서 나타났을까?
　지네를 발견한 곳은 커피머신 근처였는데, 진열대 하단에 원두를 1킬로그램씩 다섯 봉지로 소분해서 보관해 두었다. 그동안 내내 커피 봉지를 꺼냈는데도 거기에 지네가 살고 있을 줄은 몰랐다. 눈치도 못 챘다. 지네도 커피 향을 좋아하는 걸까? 하긴 커피가 지네의 기호식품이 되지 말라는 법은 없다. 인터넷을 뒤져봤지만, 지네와 커피의 상관관계에 대해선 찾지 못했다.

지네가 커피를 좋아한다는 건 심증일 뿐 물증이 없어서 아무에게도 말하지 못했지만 못내 궁금해서 계속 기색을 살폈다.

며칠 후, 커피가 떨어져서 새로 꺼낸 봉지의 원두를 그라인더에 넣고 주변을 정리하는데 또 이상한 물체의 검은색 그림자가 눈에 띄었다. 바짝 다가가 보니 지난번 것보다 조금 더 큰 지네였다. 악! 비명을 지르면서 밖으로 뛰쳐나갔다.

친한 동생이 찾아왔다가 그 광경을 보고 박장대소했다. 곰이나 멧돼지를 보고 놀라서 지르는 비명 같다면서, 건드리지 않으면 물지 않으니까 무서워할 것 없다는 것이다. 지난번에 하수구로 잘 보내줬는데 왜 또 나왔는지 모르겠네, 했더니 "지네는 한 마리가 발견되고 나면 주변에서 꼭 짝꿍이 나타난다"라고 동생이 말해 주었다.

그 말을 듣고 보니 이해가 된다. 두 마리의 지네는 한 쌍이고, 커피 향을 좋아해서 주변에 숨어 살다가 커피 봉지를 따라서 밖으로 나온 거라고 결론지었다. 물론 내 추측일 뿐이다.

아주 옛날, 마트 근처에 동네를 가로지르는 큰 강이 있었다고 한다. 민물과 바닷물이 만나 흐르는 물이어서 지네가 출현한 것이라는 게 동네 사람들의 의견이다. 지금도 지네가 왜 출현했는지 궁금증은 풀리지 않았다. 그저, 지네도 사람처럼 커피 냄새를 좋아한다고 믿고 싶을 뿐이다.

# 팔백 원

　매일 아침 여덟 시 십 분이면 만나는 손님이 있다. 안녕하세요? 제일 저렴한 컵라면 하나 주세요. 800원짜리로, 이렇게 말하고 나무젓가락 하나를 챙겨 들고 급히 나간다. 그 모습이 몹시 바쁜 것처럼 보여서 그 사람이 가게 쪽으로 걸어오면 얼른 거스름돈 이백 원을 준비했다.

　매일 똑같은 시간에 똑같은 행동을 반복하는 그 사람이 몹시 궁금했다. 일요일엔 오지 않는 걸 보면 회사원이겠지, 설마 매일 점심으로 컵라면을 먹는 건 아니겠지, 그런 생각을 했다.

　1년쯤 지났을 때다. 미리 이백 원을 준비해서 데스크 위에 올려놓고 있었는데, 안녕하세요? 던힐 1mg 하나요, 했다. 네? 하고 대답하는 내 목소리가 얼마나 컸는지 두 사람 다 깜짝 놀랐다. 매일 팔백 원짜리 라면만 사던 사람이 별안간 담배를 달라고 하니 나도 모르게 목소리가 커졌던 모양이다. 그분은, 네, 던 힐요, 하고 웃으며 컵라면을 들고 왔다.

무뚝뚝한 사람이라 말 걸기가 쉽지 않았다.

바람이 세게 불던 어느 겨울 아침이었다. 추위에 덜덜 떠는 모습이 안쓰러워서 '어묵 국물 좀 드릴까요?' 하고 물었다. 그분은 주저하지 않고 '네' 라고 대답한다. 흔쾌한 대답에 신이 나서 종이컵에 가득 국물을 떠 드렸다. "감사합니다. 좋은 하루 보내세요." 그분은 두 손으로 종이컵을 꼭 잡고 걸음을 재촉했다. 몹시 추웠던 모양이다.

800원짜리 컵라면 하나를 사 갔지만, 그 인사는 80만 원, 아니 800만 원보다 더 값어치 있다. 90도 인사가 참 인상 깊었다.

중국에서는 행운의 숫자가 8이다. 전화번호에 8이 하나만 들어가도 좋아서 어쩔 줄 모른다고 한다. 2008년 베이징 올림픽 개막식도 8월 8일 저녁 8시에 시작했다. 그래서였을까? 금메달 38개, 은메달 27개, 동메달 22개, 합해서 87개의 메달을 땄다. 종합 성적 2위, 올림픽 참가 이래 최고 성적이고 기대 이상이었다고 들었다. 핸드폰 번호에 8이 4개나 되는 지인이 있는데, 중국 사람에게서 그 번호를 사고 싶다는 전화가 왔었다고 한다. 그 정도로 8이란 숫자를 좋아하는 모양이다.

그분이 아침마다 800원짜리 컵라면을 사 가는 것도 내게 행운을 가져다주기 위해서가 아닐까. 그런 생각을 하면서 은근히 그분을 기다린다. 서로서로에게 작은 행운이라도 줄 수 있다면이 사회가 얼마나 훈훈하고 따뜻할까.

　나는 15년 넘게 서비스업에 근무하였다. 그때 혹시 내 행동이나 말하는 습관 때문에 상대방이 상처받진 않았는지, 곰곰이 생각하며 반성한다. 지난 일들을 돌이킬 수는 없지만 지금부터라도 말하는 습관이나 행동을 예전보다 더 신경 쓰면서 살아야겠다고 다짐한다.

　조금 있으면 팔백 원으로 내게 행운과 기쁨을 주는 그분이 도착할 시간이다. 오늘은 내가 먼저 그분한테 행운을 불어넣어 줘야겠다. 오늘도 희망찬 하루가 시작되고 있다.

# 구름에 달 가듯

8월 31일과 9월 1일은 스물네 시간, 딱 하루 차이다. 하루인데도 피부로 느끼는 차이는 크다. 우선 하늘의 색깔부터 다르게 보인다. 어떻게 이렇게 다를 수 있는지, 궁금하다. 악을 쓰며 밤낮없이 울던 매미 소리도 하룻밤 사이에 뚝 끊겼다. 귀뚜라미와 방울벌레 등 다양한 가을벌레 소리가 심금을 울린다. 나는 가을을 타기 때문에 가을벌레 소리가 나기 시작하면 어느새 향수에 젖어 심란하기도 하고 자꾸 눈물이 난다. 오늘은 귀뚜라미 소리가 더 요란하다. 내 마음은 벌써 고향 집 마당에 도착해 있다.

올해는 그 어느 해보다 더위가 심했다. 111년 만에 최고 덥다, 연일 신기록을 세우고 있다는 등의 뉴스가 나오고 재난 문자도 계속 들어왔다.

불볕더위 때문에 가게 안에서도 매일 작은 전쟁을 치렀다. 공간이 좁아서 부엌을 오픈했는데 오히려 그것이 더위를 더 부채질하는 꼴이 되고 말았다. 8월이 시작되는 첫날부터 손님들은 너나 할 것 없이 에어컨 바로 앞에 있는 자리로 몰려든다. 중복이던 금요일 오후에도 손님이 한꺼번에 몰려 테이블 여섯 개를 모두 채우면서 동시에 만석이 되었다.

17평 가게에 에어컨 1대, 냉풍기 3대, 그리고 써 큐레이터 2대가 돌아가고 있다. 그것도 삼복더위 앞에서는 아무 소용이 없다. 너 나 할 것 없이 냉풍기를 끌어안고 있고, 제일 시원한 에어컨 앞자리 손님들은 식사가 끝나도 쉽게 자리를 비워주지 않는다. 그렇다고 비워달라고 말할 수도 없다. 그냥 눈치만 보면서 음식을 만들고 있는데 아가씨 두 명이 도저히 못 참겠는지, 말도 없이 확 나가 버렸다. 나는 죄인처럼 미안하다는 말만 하였다.

그렇게 팔월 한 달을 더위와 매일 싸우다 보니 어느새 구름에 달 가듯 달력이 한 장 넘어가 버렸다. 달력이 넘어가면서 가을이 바람과 비까지 덤으로 데리고 왔다. 3일 내내 비가 내리고, 이제는 가끔 춥다는 말도 불쑥불쑥 튀어나온다. 어쩌면 2~3일 만에 이렇게 기온 차이가 나는지, 참 궁금하다. 앞으로 다가올 추위는 생각만 해도 끔찍하다. 더위로 고생하며 여름을 보내면 한파가 몰려온다는 속설이 있는데 그 말은 제발 낭설이길 바랄 뿐이다.

나는 추위를 많이 탄다. 4년 전에 있었던 오토바이 사고 후유증으로 추워지면 근육이 경직되고 여기저기가 다 쑤시고 아프다. 두렵다. 약을 먹는 것도 내게는 사치다. 간 수치가 높아서 해독을 못하므로 되도록 약은 먹지 않는 것이 좋다. 몸에 좋은 인삼이나 홍삼도 나한테는 나쁜 영향을 주기 때문에 먹을 수가 없다. 그래서 추운 것보다 오히려 더운 여름이 더 나을지도 모른다.

출근 버스에서 시원한 바람을 쐬며 하늘을 올려다보았다. 무덥던 여름보다 하늘이 훨씬 파랗고, 구름도 뭐가 그리 바쁜지 아주 빠르게 흘러간다. 다가오는 시간도 구름에 달 가듯 그렇게 빠르게 지나갔으면 좋겠다. 세월이 빨리 흘러가면 나도 마음 편히 지내는 날이 올 것 같은 예감이다.

구름은 흘러가는 모습만 보아도 아름답다. 마치 한 폭의 그림처럼. 언제 그렇게 더웠나 싶을 정도로 바람이 세게 분다. 가을이면 누구나 시인이 된다고 하는데 나도 모르게 돌아가신 김대규 선생님의 시, 가을의 노래를 읊조려 본다.

# 선교여행

네팔로 두 번째 선교여행을 다녀왔다.

지난해에는 성경을 이해하거나 해석하지 못하는 상태에서 그저 호기심 때문에 선교하러 가겠다고 신청했다. 선교는 아무나 신청만 하면 가는 것인 줄 알았다. 그때 네팔에서 새로운 경험을 많이 했기 때문에 올해도 또 선교여행을 신청했다. 내가 선택했다기보다 예수님이 나를 지목해서 보냈다고 생각한다. 9시간 동안 해발 500m에서 출발해 2,300m까지 오르락내리락 산행하면서 그걸 알게 되었다. 발등 수술의 후유증에 시달릴 때였다. 걷는 것보다 아기처럼 기어 다니는 것이 편했다. 거기다 얼마 전에는 양쪽 어깨와 손목을 수술했다. 내 체력으로는 도저히 감당할 수 없는 일이었지만, 주님이 나를 이끌어 주셨기에 가능했다.

네팔에서는 4,000m 이하는 산이라고 말하지 않고 히말(눈 덮인 산)이라고 말한다. 네팔은 3억 3천 개의 신을 믿는 나라이고 인구는 세계 49위에 달한다. 공통어는 네팔어지만 따망족은 따망언어를 따로 쓰고 있다. 중국과 인도 사이에 있으며 히말라야 산맥 중앙부 남쪽의 반을 차지하는 내륙 국가이다. 눈 쌓인 히말라야산맥이 손에 잡힐 듯 아주 가까이 보인다. 세계 10대 최고봉 가운데 8개를 보유하고 있으며 지형이 험악하기로 유명한 산악 국가이기도 하다. 2007년에 왕정이 종식되고 2008년 5월 28일부터 공화제가 되었다. 세계 2위로 물을 많이 보유한 나라지만, 중국과 인도 사이에 끼어서 물을 맘껏 쓰지 못한다. 우리가 찾아갔던 산골 마을에서도, 산에서 내려오는 물을 호수로 연결해서 쓰거나 빗물을 받아 썼다.

네팔 시간은 우리나라보다 늦다. 3시간 15분의 시차가 난다. 또 건기와 우기가 뚜렷하게 구분되는 나라다. 내가 네팔에 갔을 때는 겨울이라 건기였다. 그런데도 무려 나흘 동안이나 우기 때처럼 장대비가 쏟아졌다. 그 덕분에 16일 동안 독감을 심하게 앓았다. 네팔은 방에 불을 때지 않는다. 보일러 시설도 없다. 해서 집 안보다 햇빛이 내리쬐는 바깥이 더 따뜻하다. 우리가 방문했을 때도 주민들이 모두 밖에 나와 있었다. 우리를 반기느라 마중 나온 줄 알았지만 알고 보니 집 밖이 더 따뜻해서였다.

보일러 시설이 없어서 호텔은 침대마다 전기요를 깔아놓는다.

우리가 찾아간 곳은 다딩의 불가촉천민 마을이다. 그곳에서는 마치 오랜만에 고향을 찾은 친척을 맞아들이듯 우리를 반겼다. 동네 분위기도 어느새 잔칫집으로 변했다. 버펄로, 염소, 닭을 잡아 만든 달밧이라는 음식을 대접받았다. 예전에는 렌틸콩을 사용했지만 2023년도부터는 녹두를 쓴다.

나는 고수라는 향신료 때문에 조금밖에 먹지 못했다. 그 나라의 음식을 전혀 먹지 못하는 몇몇 때문에 김치와 밑반찬을 가지고 다녔다. 머나먼 타국에서도 김치와 떡볶이, 골뱅이무침까지 먹을 수 있었다. 참 다행이었다.

네팔엔 대파가 없다. 아니, 귀하다. 꼭 필요하면 살 수는 있지만 금액이 아주 비싸다. 그래서 대파 대신 양파를 많이 쓴다. 양파는 자주색인데, 우리나라 양파보다 맵지 않고 단맛이 난다. 또 유채 기름을 많이 사용한다. 겨울인데도 유채와 완두콩 꽃이 만개했다. 흰색과 보라색의 감자꽃이 운치를 더했다.

길을 가다가 쟁기질하는 소를 자주 보았다. 우리나라 50~60년대와 비슷했다. 우리는 이제 기계로 농사를 짓지만, 그곳은 산악지형이라서 지금까지도 소를 이용하고 있다. 산골짜기에 여러 층으로 겹겹이 만든 좁고 작은 다랑논이라서, 씨앗을 뿌리려면 소가 땅을 갈아주어야 한다. 내 아버지가 쟁기질하던 모습 그대로였다. 마을에서는 시도 때도 없이 닭이 울어댔다. 문득 시골 친정에 간 것 같았다. 어릴 때 나를 쪼아대던 수탉도 생각났다. 빨간 벼슬 달린 수탉이 호랑이보다 더 무서웠다. 빨간색을 좋아하셨던 엄마는 나한테 빨간색 옷을 자주 입혀 주셨다. 그 바람에 유독 수탉의 밥이 되었던 것 같다.

선교여행이지만 무슨 특별한 말이나 행동을 따로 보여줄 필요는 없었다. 그들은 이미 우리의 행동 하나하나에 동화되어 있었다. 신앙인이라는 공통점이 있어서 더 가까이, 또 더 쉽게 하나가 될 수 있었던 것 같다. 네팔에 대해서는 문외한이지만 직접 보고 들으며 그들의 생각에 조금씩 공감하기 시작했다.

피부색도 음식도 언어도 다르지만, 눈빛으로 느끼는 감정과 손짓, 발짓이 세계 공통어처럼 통했다. 네팔어 한 단어에 한국어 한 단어 그리고 영어 한 단어를 합하면 긴 문장 하나가 탄생하기도 했다. 그렇게 만든 문장으로 말하면 그들도 람로처(좋아요)라고 한다. 그 말 한마디에 같이 웃고 즐길 수 있었다.

네팔은 6.25 전쟁 때 우리나라에 쌀 백 톤을 보내준 고마운 나라이기도하다. 50~60년대에는 우리나라보다 훨씬 더 잘 사는 나라였다고 한다. 그 이후 우리나라는 비약적으로 발전했지만, 네팔은 더 이상 발전하지 못했다. 그들은 우리나라에 이민 오거나 취직하는 것이 꿈이라고 한다. 그 꿈을 이루기 위해 나름대로 한글 공부를 열심히 한다. 돈으로는 그들을 도와줄 수 없지만 만약 한국에 취직하러 온다면 작으나마 도움을 줘야겠다는 생각이 들었다. 6.25 전쟁 때 우리나라가 네팔의 도움을 받았으니 나도 은혜를 갚는 마음으로.

# 가나안농군학교 교육 후에

나의 유년 시절은 새마을운동이 한창이던 때다. 농사를 짓는 일과 마을의 소소한 일거리는 부역賦役이라 하여 어른들이 품앗이로 해결하였다. 청소년들에게는 4H 활동을 시켰다. 지Head, 덕Heart, 노Hands, 체Health라는 4H 이념을 생활화하는 청소년 사회교육 운동이다.

그 일환으로 우리는 동산에 꽃밭 가꾸기를 했다. 조를 짜서, 조별로 부락을 정해서 아침 일찍 꽃밭을 가꾸러 갔다. 그런 다음 등교한다. 나는 잠이 많아서 늘 눈꺼풀이 내려앉은 채로 꽃밭에 나갔다. 꽃밭 주위에 있는 잡초를 뽑고 정리하는 일인데, 예나 지금이나 남에게 일을 미루지 못하는 성격이라 눈을 비벼가면서도 지각은 하지 않았다.

그때는 꽃밭을 가꾸는 일이 마을마다 경쟁이었다. 가장 예쁘고 잘 꾸며진 마을에 포상했다. 물론 상을 받으려는 목적이긴 해도 내가 가꾼 화단에 꽃이 가득 피어있으면 기분이 매우 좋았다. 해서 친구들은 게으름을 피워도 나는 꿋꿋하게 참석했던 기억이 난다. 이번 추석에도 고향마을 귀퉁이를 지키고 있는 표지석에 4H라고 쓰인 문구를 발견하는 순간 그때가 떠올라서 가슴이 뭉클하였다.

어려서부터 농사짓는 부모님의 일손 도와드렸다. 부모님은 굉장히 좋아하셨고, 나는 그런 부모님을 보면 행복했다. 호기심이 많았던 나는 부모님이 시키지 않아도 일거리를 찾아서 했다. 중학교 1학년 때는 어머니가 외갓집에 가신 틈을 타서 이불 홑청을 빨아 풀을 먹여서 다듬이질까지 했다. 빳빳하게 풀 먹은 이불 홑청이 빨랫줄에 가득 널려있는 모습은 마치 활짝 핀 목화꽃처럼 보였다.

이렇듯, 궁금하면 무엇이든 해 봐야 직성이 풀리는 성격 덕분에 네팔선교도 신청하게 된 것이다. 5년 동안 네팔선교를 하면서 보니 선교사님들은 하나같이 힘들게 살고 계셨다. 다른 무엇보다도 경제적인 어려움이 제일 컸다. 선교사님들의 삶을 보면서 나도 누군가에게 도움을 주는 사람이었으면 좋겠다는 생각이 들었다. 경제적인 건 어렵더라도 육체적이거나 지적인 도움은 줄 수 있지 않을까. 어디에 살든 의식주를 해결하는 건 똑같으니까 채소를 가꾸는 방법 정도는 가르칠 수 있을 것 같았다.

네팔은 산지가 많아 농사짓는 땅이 매우 적고 농업 지식이 부족해 생산성이 낮다. 네팔 사람들은 아침과 점심 사이에 찌아라는 차와 비스킷 한 조각을 먹는다. 그런 그들의 모습을 보면서 채소 기르는 방법이라도 가르쳐 주고 싶다는 생각을 했다. 네팔에서는 감자, 양파, 오이, 당근, 완두콩과 유채를 많이 키운다. 겨울에도 유채꽃과 감자꽃이 활짝 핀 것을 흔하게 볼 수 있다.

마침 우연한 기회에 가나안농군학교 교육을 받게 되었다. 가나안농군학교 교육도 우리나라 새마을운동이랑 비슷하다. 아마도 새마을운동이 모티브가 된 건 아닐까. 나만 잘 먹고 잘 사는 것이 아니고 더불어 잘살자는 취지다. 1962년 김용기 장로님이 처음으로 세운 사회교육기관이며 교육이념도 근로, 봉사, 희생이다. 교육의 목적은 정신교육, 공동체교육, 지도자교육, 전인교육을 통해서 사회지도자를 양성하는 것이다. 가나안농군학교 운동장 귀퉁이에 놓인 표지석에는 '일하기 싫거든 먹지도 말라'는 문구가 쓰여 있다. 그 표지석은 50년이 넘도록 운동장 귀퉁이를 잘 지키고 있다.

교육을 받는 동안 그 나라의 기후 변화나 토양 그리고 그 사람들의 체질과 식성을 아는 게 중요하다는 걸 알았다. 아무리 좋은 교육도 받아들일 준비가 되어있지 않으면 '쇠귀에 경 읽기'에 불과하다고 본다. 먼저 대화가 통해야 이해할 수 있기 때문에 그 나라의 언어를 배우는 것은 제일 우선순위다.

필리핀에 나가 있는 선교사님 이야기를 들으니 가나안농군학교 교육을 받고 나서 양계장 사업과 양돈 사업을 시작했는데, 성공하기까지는 족히 15~20년은 걸렸다고 한다. 조류인플루엔자와 돼지열병이 발생해서 실패를 거듭할 수밖에 없었다는 것이다. 가난한 청년들에게 의식주를 해결해 주고 교육해서 자립할 수 있도록 도와준 게 제일 뜻깊은 성과라고 하셨다.

필리핀 청년들이 교육받기 전과 후의 모습을 모니터로 보았다. 너무나 달랐다. 처음에는 일그러졌던 모습이 온화한 미소가 가득한 얼굴로 바뀌었다. 선교사님은 그 영상만 봐도 배가 부르다고 하셨다. 그 선교사님처럼은 아니라도 나도 누군가에게 도움을 줄 수 있기를 바란다.

농사짓는 부모님의 어깨너머로 배운 상식과 가나안농군학교 교육을 접목하면 네팔의 청년들에게 조금은 도움을 줄 수 있지 않을까.

가나안농군학교 교육을 받는 동안 유년 시절로 돌아갈 수 있어서 너무 유익하고 행복한 시간이었다.

# 배달서비스

우리나라에서 배달서비스가 본격적으로 시작이 된 건 2011년이다. 디자이너 출신인 김봉진 대표가 '우아한 형제들'이란 스타트업을 개발하면서 2010년 6월에 애플리케이션이 먼저 출시되었다. 그 5개월 뒤에 회사를 설립했다. '젊은 친구들이 이것저것 배달 음식을 많이 시켜 먹는다'는 의미와 '밝은 땅에 사는 민족'이라는 중의적인 뜻을 포함해서 배달의 민족이라는 이름을 붙였다고 한다.

배달서비스가 시작된 지 불과 십 년이 조금 넘었을 뿐이지만 이제 웬만한 건 모두 배달로 받을 수 있다. 배달이 쉬워지면서 가장 행복한 사람이 아마도 나 같은 주부들이 아닐까, 싶다. 새벽 배송까지 해 주니 주부들이 살림하기는 정말 편해졌다. 도시락이나 밀키트가 있어서 요리할 줄 모르는 사람들도 걱정이 없다. 이토록 우리나라의 배달서비스는 하루가 다르게 성장하고 있다. 참 편리한 세상이 되었다.

폭염으로 푹푹 찌는 요즈음엔 일사병 환자들이 속출하고 있다. 아무리 기온이 올라가도 공사를 하거나 농사짓는 사람들은 더위를 참아가면서 일해야만 한다. 공사도 그렇지만 농사는 시기를 늦출 수 없다. 논밭에 김매는 건 조금 미뤘다가 더위를 피해서 해도 되지만 고추 따서 말리거나 오이, 과일을 출하하는 일은 도저히 미룰 수가 없다.

예전에 담배 농사도 그랬다. 하루만 늦추면 담뱃잎들이 말라버려서 상품 가치가 떨어진다. 초록색 잎을 따다가 새끼에 엮어서 서서히 말려야 갈색빛을 띠면서 상품 가치가 오르기 때문에 담뱃잎 따는 일은 늦출 수가 없다. 오죽하면 막냇동생이 땅바닥에 엎어져서 덥고 힘들어서 죽어도 못 하겠다고 시위했을까.

그때는 새참이나 간식을 밭에 내갈 때도 머리에 이고 등에 지고 다닐 수밖에 없었다. 불과 몇 년 전까지만 해도 그렇게 했다.

이제는 논이나 들에서도 전화만 하면 득달같이 배달이 된다. 새참이나 점심, 저녁 식사를 걱정할 필요가 없다면서 사촌 올케가 자랑한다. 뿐이랴. 허리가 땅에 닿을 정도로 구부리고 한 포기 한 포기씩 심던 모내기도 지금은 모두 기계가 심고 있다. 모내기는 물론 벼를 베는 것도 기계가 한다. 이 얼마나 편리한 세상이란 말인가.

지난주에 아버지의 기일이라서 고향에 다녀왔다. 가물었던 와

중에도 모내기가 모두 끝나 있었다. 온통 초록 물결인 들판에 내 부모님이 땀 흘려가며 허리를 펴던 모습이 오버랩되었다. 들판에서 일하시는 부모님을 보면, 흐르는 땀방울을 식혀드리고 싶은 마음이 앞서 집으로 열심히 뛰어갔다. 시원한 지하수에 당원이나 사카린 한 주먹을 털어 넣고 숟가락으로 휘휘 저은 다음 가지고 나가면 어머니는 달게 들이켜시고 속이 뻥 뚫린다고 하셨다.

강산이 여러 번 변해서 지금은 전화번호만 꾹꾹 누르면 자동차나 배달 오토바이가 먼지를 가르며 한걸음에 달려온다.

부모님이 계셨으면 '참 좋은 세상이구나. 애비가 좋아하는 커피도 배달이 되냐? 네 어미가 좋아하는 김밥은?' 하실 것 같다. 세월이 참 야속하다.


2020년도 8월 3일 한여름 복중에, 우리 선우가 태어났다. 아이는 태어나자마자 청색증과 호흡곤란으로 중환자실에 입원했다. 다행히 모유는 먹을 수 있었다.

선우가 모유를 먹을 수 있었던 건 삼박자의 호흡이 잘 맞아서 가능했다. 선우 엄마가 유축기로 정성껏 짜놓은 모유를 선우 아빠가 아침저녁으로 병원에 배달하였다. 그렇게 배달된 모유를 중환자실 간호사가 정성을 다해서 선우에게 먹였다. 아이는 21일 동안 엄마 젖을 받아먹고 치료가 잘 되어서 무사히 퇴원할 수 있었다.

퇴원한 선우는 엄마 젖을 아주 잘 빨았다. 마치 태어나면서부터 젖을 빨던 아이 같았다. 선우랑 선우 엄마 아빠, 그리고 간호사가 호흡이 맞지 않았으면 불가능했던 일이다. 그들의 수고와 보살핌이 있어서 선우가 스무하루 만에 무사히 퇴원했다. 정성을 다해서 보살펴 주신 분들이 너무너무 감사하다. 애쓰신 분들에게 감사를 보낸다.

젖을 배달받아서 먹은 세 살배기 선우는 벌써부터 전화번호를 꾹꾹 누르고 있다. 아이는 대체 무얼 배달받고 싶어 하는 걸까?

VI. 나만의 도서관

# 나만의 도서관

농가에서 태어난 나는 학창 시절에도 도서관에 갈 꿈을 꾸지 못했다. 길이 멀어서 가끔 책을 빌려다 읽는 정도였다. 결혼하고 아이들을 키울 때도 바쁘고 힘들다는 핑계로 도서관에 갈 엄두를 내지 못했다. 아이 셋을 데리고 도서관에 가면 주위 사람들이 불편할 거로 생각했다. 그냥 집에서 공부하는 습관을 갖도록 아이들을 지도했다. 성격이 다른 아이들은 취미와 취향도 각양각색이다. 그 덕분에 나도 덩달아 다양한 장르의 책을 읽을 수 있었다.

누나들은 외향적인데 아들은 온순하고 조용하고 내성적이다. 누나들이 골목대장을 할 때 아들은 고무찰흙으로 공룡, 축구공을 만들거나 그림을 그렸다. 만들기나 그림 그리기를 좋아하는 아들이 제일 잘 그린 그림은 동양화, 흔히 말하는 화투였다. 명절 때나 시댁 식구들이 모이면 늘 화투 놀이를 했던 탓에 아이의 그림 소재는 자연스레 화투, 그중에서도 팔 광 그림을 제일 좋아했다. 자꾸 화투 그림을 그리면 경찰 아저씨가 잡아간다고 억지로 못 그리게 했다. 그때 말리지 않았다면, 화투 그림으로 유명한 그 화가보다 더 잘 그렸을지도 모른다.

세월이 흐르면서 아이들은 자연스레 도서관을 찾게 되었지만 나는 아직도 직장 일이 바빠서 도서관을 자유롭게 드나들지 못한다. 그래서 가게 계산대를 내 도서관으로 만들기로 했다. 계산대 밑 진열장은 책꽂이가, 계산대는 책상이 되어 훌륭한 도서관 역할을 해 준다. 남의 시선을 의식하지 않고 편하게 읽고 쓸 수 있다. 참 다행이다.

평일에는 오고 가는 손님들이 많아서 맘 편히 읽고 쓸 수 없는데, 주말이면 손님이 뜸해서 얼마든지 할 수 있다. 물론 손님이 많으면 좋겠지만 내 욕심을 부리려니 은근히 주말을 기다리게 된다. 백화점에 근무할 때는 생각도 못 했는데, 지금은 그나마 다행 아닌가.

어느 날은 손님이 들어오는 것도 모르고 서진규 작가의 『나는 희망의 증거가 되고 싶다』를 읽었다. 작가는 나와 비슷하게 경상도 어느 어촌에서 태어났다. 가발공장을 거쳐 골프장, 식당 종업원 등으로 일하다가 1971년, 메이드 일을 하기 위해서 미국으로 건너갔다. 그곳에서 결혼하고 76년에 미 육군에 자원입대

하여 미국·한국·독일·일본에서 근무했다. 90년에 하버드대학 석사 과정에 입학하면서 학자의 길을 걷다가 96년 소령으로 예편했다. 시골 출신인 서진규 작가는 엄청나게 똑똑한 여장부였다. 꿈과 도전의 다큐멘터리, 삶의 가장 낮은 곳에서 지핀 등불이 마침내 희망의 증거가 되었다.

백화점에 있을 때 서진규 작가의 강의를 들었다. 나는 먼 친척 언니를 만난 것처럼 반가웠다. 예전에 읽었던 이 책을 들고 가서 사인을 받았다. 희망이라는 단어로 사인을 해 주던 작가를 생각하면서 책을 읽느라 손님이 들어온 줄도 몰랐다.

이번 주말엔 선물 받은 내 빨간색 습작 노트에, 내년엔 어떤 글을 쓸 것인지 하나씩 적어 놓아야겠다. 오늘이 월요일인데 벌써 주말이 기다려진다. 내게 도서관이 되어주는 작은 가게가 있어서 난 참 행복하다.

# 그 사람이 보고 싶다

내 나이 열다섯, 중학교 2학년. 아담한 체구의 자상하신 담임 선생님. 잘못을 저질러도 크게 야단치지 않으셨다. 안경 너머로 작은 눈을 한번 흘기시면 그만이다.

2층 계단에서 친구와 장난치다 넘어졌는데, 정강이뼈가 보일 만큼 심하게 다쳤다. 선생님은 나를 업고, 신발이 벗겨지는 줄도 모르고 양호실로 뛰어가셨다. 수업료를 못 내서 교장실에 불려 갔을 때도 얇은 월급봉투를 슬며시 내미셨다. 나중에 아버지가 주시면 가지고 오라며 수업료를 대신 내주신 것이다.

선생님 그림자만 봐도 가슴 설레고 얼굴이 빨개졌다. 사춘기였고 아마도 선생님을 짝사랑한 것 같다.

나는 성연중학교 2학년 5반 1번이었다. 선생님은 첫 부임지였던 우리 학교에서 내 담임을 맡으셨다. 계단으로 걸어 내려오지 않고 난간에 걸터앉아서 죽 미끄럼을 타고 내려오는 내 모습을 보고 선생님은 나를 원숭이라 부르셨다. 김종렬 선생님. 늘 여학생들의 가슴을 설레게 했던 총각 선생님은 지금도 어디선가 인자하신 모습으로 후배 양성에 종사하실 것이다. 청명한 이 봄에 유난히 선생님이 그립다. 선생님을 꼭 한번 만나고 싶다.

(후략)


이 글이 MBC 여성시대에 채택되고, 방송국에서 김종렬 선생님을 찾아주셨다. 내 나이 마흔, 학교를 졸업하고 25년이 흘러 세 아이의 엄마가 되었을 때다. 그렇지 않아도 선생님을 찾기 위해 여러 번 수소문했지만 계속 실패했다. 그런데 마침 MBC라디오 방송국에서 찾아준 것이다.

감사하다는 인사도 하기 전에 선생님과 만나기로 약속했다. 25년 만인데도 선생님을 한눈에 알아볼 수 있었다. 변한 건 눈가에 잔잔하게 생긴 잔주름과 희끗희끗한 머리카락뿐이었다. 세월이 그렇게나 흘렀는데도 인자하신 모습은 그대로였다. 선생님은 '정분아! 25년이 지났는데도 눈꺼풀이 살짝 내려앉은 것 말고는 그대로네' 하셨다.


선생님 고향은 충남 공주이다. 간장게장을 무척 좋아하셨다.
"밥도둑이야. 어서 먹어 봐."
선생님과 나는, 동네 사람들이 모여서 수다 떨면서 식사하는 것처럼 그렇게 함께 밥을 먹었다. 아이들, 남편과 부인 얘기로 시간 가는 줄도 모르고 수다 삼매경에 빠져들었다. 그 후부터 스승의 날과 추석날 그리고 설날은 잊지 않고 문자나 전화로 안부를 여쭈었다. 선생님을 생각하면 늘 가슴이 뿌듯했다. 누군가가 나를 지켜보고 있다고 생각하며 더 열심히 살려고 노력했다.

1년에 한 번은 꼭 선생님을 찾아뵈려고 했지만, 직장 생활하면서 아이들을 키우다 보니, 또 몸이 자꾸 아파서 지난해는 선생님을 만나지 못했다. 걱정하실 것 같아 아프다는 말은 하지 못했다. 대신 바빠서 찾아뵙지 못한다고, 다음에 꼭 찾아뵙겠다고 약속했다. 그 후 두 해가 지나가는 동안 수술을 두 번이나 받았다. 이번에는 꼭 찾아뵈려고 했는데, 스승의 날 허리디스크가 터져 시술하는 바람에 어쩔 수 없이 안부를 또 문자로 대신했다.

"선생님! 늘 감사드리면서 찾아뵙지 못하고 있네요. 오늘 행복하게 보내시고 조만간 찾아뵙겠습니다."

"고마워! 잊지 않는 것만으로도……. 건강과 행복함이 어우러진 스위트 홈의 주인공, 그대는 박정분 여사님. 늘 화목하고 건강하소서. 김 종렬 보냄."

백화점 계약직은 8월 말일에 근무가 끝난다. 해서 9월에는 꼭 선생님을 뵈어야겠다고 다짐했다. 그런데 8월 10일, 친정아버님 팔순에 참석하려고 고속도로를 달리는데 김종렬 선생님 별세라는 문자가 왔다. 아버지의 팔순이라 차를 돌릴 수도 없었다. 무거운 심정으로 아버지 팔순 잔치를 하고 다음 날 일찍 선생님 빈소에 찾아갔다.

처음 부고 문자를 받았을 때는 동명이인일 거로 생각했다. 그런데 친구들 문자가 또 들어왔다. 선생님과 가까이 지내는 친구에게 확인 전화를 했다. 선생님이 돌아가신 게 맞았다. 선생님은 올해로 60세가 되셨다. 아직 젊으시니까 건강하신 줄만 알았다. 선생님을 만났을 때도 소화가 안 되는 것 말고 컨디션은 늘 좋다고 하셨는데, 올해 초에 담도암 판정을 받으셨다고 한다. 이미 손 쓸 수 없을 만큼 전이된 상태였다.

선생님 영정 앞에 머리 숙이고 찾아뵙지 못한 걸 용서해 달라고 사죄드렸다. 간장게장 대접하려고 준비했던 돈을 부의금으로 대신하면서 선생님의 명복을 빌고 또 빌었다.

그날 밤 꿈속에서 선생님을 뵈었다. 선생님과 맛있는 식사를 하는 꿈이었다. 꿈속에서의 선생님은 너무나 아쉬운 표정이었다. 주부로 직장여성으로 열심히 사는 모습이 흐뭇하다시며 대견하다고 믿어주시던 선생님. 먼 훗날 찾아뵐 때까지 그곳에서는 제발 아프지 않고 평안하시기를 기도드렸다. 작은 체구에 검은색 뿔테안경이 잘 어울리시던, 인자하고 자상하시던, 내가 제일 존경하는 김종렬 선생님. 오늘 밤 꿈속에서 또 만나 뵙길 기도한다.

# 등불

너 몇 살이니? 참 귀엽게 생겼구나, 하서서 깜짝 놀랐다. 2002년 화요문학 수업 시간에 선생님이 나를 보면서 하신 말씀이다. 먼발치에서 여러 번 뵈었지만, 가까이 마주 앉아서 수업받게 되리라곤 상상도 하지 못했다. 그렇지 않아도 쑥스럽고 떨리는 자리였다. 얼굴이 화끈 달아오르고 등줄기에서 땀이 흘렀다. 문학 수업에 참석할 수 있게 기회를 주신 것만도 큰 영광이고 감사한데 마흔이 넘은 아줌마를 귀엽다고 표현해 주시니까, 몸 둘 바를 몰랐다.

초등학교 4학년이던 큰딸이 안양시글짓기대회에 참가해서 가작을 수상했다. 별에 대한 시를 썼는데 어렴풋이 기억하기로는, 시골 하늘에 떠 있는 별은 공기가 오염되지 않아서 반짝반짝 빛나고 도시 하늘에 별은 공기가 오염돼 청소부가 쓸어갔는지 반짝거리기는커녕 캄캄한 하늘만 보인다고 표현했다. 그날 심사평을 하시던 선생님은 앞으로 크게 될 인물이라고 칭찬하셨다.

나는 심사평을 하는 선생님의 모습에 반했다. 그때부터 문학에 대한 관심이 조금씩 생겼고, 2002년 화요문학 회원이 되었다. 그날부터 문학과 또 문학인의 삶에 대한 선생님의 강의를 들을 수 있었다. 나를 문학인으로 살아갈 수 있게 길잡이와 등불이 돼 주신 고마우신 나의 선생님, 시인 김대규.

선생님은 수업 시간마다 여러 종류의 책을 소개해 주시면서, 글 쓰는 사람이라면 꼭 한 번은 읽어야 한다고 강조하셨다. 무조건 많이 읽고 많이 쓰라고 말씀하셨다. 바쁘고 정신없이 살아도 수업은 꼭 참석하려고 노력했다. 아니, 매월 둘째 주 화요일만 기다리고 또 기다렸다. 아버지처럼 자상한 선생님을 만나 뵐 수 있어서 얼마나 행복했는지 모른다. 항상 기대되고 설레었다. 대단한 문학인이 된 것처럼 어깨에 힘을 잔뜩 줬다.

「어머니와 막걸리」로 등단했을 때 선생님은, 앞으로 정적인 글을 많이 쓸 것 같구나. 열심히 읽고 많이 써라. 읽고 쓰는 방법밖에 좋은 답이 없다는 말씀으로 격려해 주셨다.

2014년에 제주도로 가족여행을 갔다가 바이크 사고를 당했다. 양쪽 어깨 수술을 받느라 두어 번 수업에 못 나갔다. 선생님은, 나이를 먹으면 먹을수록 병원과 가까이 살아야 좋고 또 병마랑 친해져야 마음이 한결 편하다고 말씀하셨다. 선생님도 17년 동안 아픔과 싸우며 힘들게 지내셨다.

2016년의 일이다. 평촌도서관에서 수업을 마치고 선생님과 함께 계단을 내려오게 되었다. 선생님은 작은 쇼핑백을 들고 계셨는데, 힘들어 보이셔서 제가 대신 들어 드리겠다고 말씀드렸다. '넌 나보다 더 힘들어 보인다. 나는 괜찮다.' 하시며 오히려 나를 더 걱정하셨다. 손사래 치시는 선생님을 보면서 아버지가 떠올라서 가슴이 먹먹했다. 표현을 안 하셔서 전혀 모르시는 줄 알았다. 그랬는데 선생님은 제자들 한 사람 한 사람의 일거수일투족을 훤히 꿰고 계셨던 거다.

아버지 같으신 선생님이 곁에 오래오래 계시기를 바라고 또 바랐다. 지난해에는 선생님이 곁에 계실 때 작품집을 만들어 보려고 마음먹었다. 그리고 이틀도 안 되었을 때 친정아버지가 갑자기 대장암 말기 판정을 받았다. 눈앞이 캄캄해지면서 계획은 모두 수포가 되었다. 그날부터 새벽에는 안산으로, 점심에는 아버지가 입원한 인천 길병원으로, 그렇게 매일 출퇴근을 반복했다.

다람쥐 쳇바퀴 돌 듯 5개월을 반복하다 보니 글은 단 한 편도 쓰지 못했다. 아버지께 외동딸 얼굴을 보여드리는 게 글 쓰는 것보다 더 큰 효도라고 생각했다. 아버지는, 바쁘고 힘든데 오지 말라 하면서도 내가 도착할 시간이 조금만 늦으면 병실 문을 뚫어지게 바라보셨다.

아버지와 긴 이별을 하느라, 찜통더위 속에 고통스럽고 힘든 시간을 보내는 내게 선생님이 전화하셨다. "네 건강부터 챙겨라." 아버지처럼 자상하게 나를 또 걱정해 주셨다.

선생님이 아프실 때 나는 고작 '아버지 같으신 선생님! 제발 빨리 쾌차하셔서 화요문학 수업 시간에 뵐게요.' 라는 문자만 보내드렸다.

아버지의 장례를 치르고 나서 겨우겨우 정신을 차릴 무렵에 선생님의 별세 소식이 들렸다. 청천벽력이었다. 슬픔이 채 가라앉기도 전에 듣게 된 또 한 번의 이별 소식, 너무 고통스러워서 울기만 했다. 선생님처럼 훌륭한 글은 쓰지 못하지만 그래도 좋은 시와 수필을 써서 선생님께 꼭 보여드리고 싶었는데…….

선생님! 그립고 보고 싶습니다. 또 감사하고 존경합니다. 평생 아픔이랑 친구 하셨으니, 그곳에서는 제발 평안하길 두 손 모아 기도드립니다.

# 사 월 일 일

누구에게나 좋아하는 계절이나 음식 그리고 좋아하는 달月이 있을 것이다. 나는 사계절 중에 봄을 가장 좋아하고, 그중에서도 만우절이 들어 있는 4월을 좋아한다.

호적으로 내 생일은 만우절이다. 어머니와 아버지가 결혼하고 4년 만에 오빠를 낳았다. 아이를 기다리던 중에 낳은 첫아들이 니 그야말로 큰 경사였다. 집안에서는 잔치를 벌였고, 아버지는 오빠를 호적에 올리기 위해서 고무신이 벗겨지는 줄도 모르고 면사무소로 달려갔다. 그 뒤를 이어 연년생으로 내가 태어났다. 아버지는, 연년생으로 태어난 나를 호적에 올리려니 왠지 부끄러운 생각이 들었다고 한다. 면사무소 직원들이 거의 다 친구였기 때문이다. 부끄럼을 타는 아버지 덕분에 나는 1년이나 늦게 호적에 올랐다. 그날이 만우절인 4월 1일이다. 실제로는 오빠와 연년생이지만 호적으로는 동생과 연년생이 된 것이다.

만우절은 내가 힘들게 낳은 막내아들의 생일이기도 하다. 친정엄마를 닮아 양수가 적은 탓에 첫째와 둘째를 난산으로 낳았다. 지인들 말이 셋째는 분명히 쉽게 낳을 거라 했고, 나도 그러려니 했다.

셋째를 낳을 때는 5일이나 진통을 겪었다. 의사는, 양수도 적고 오랜 시간 진통을 겪으면 산모와 아기가 지친다며 유도분만을 권했다. 유도분만을 위해 촉진제 주사를 두 번이나 맞고도 아기는 태어날 기미를 보이지 않았다. 할 수 없이 의사와 간호사들이 내 배를 억지로 눌러서 아기를 빼냈다.

진통을 오래 겪어서 그런지 아기 머리에 울퉁불퉁 골이 생겨서 마치 머리가 두 개인 것처럼 보였다. 4.1kg의 우량아였고, 태어나자마자 원장님께 오줌 세례를 퍼부으며 탄생을 자축했다. 그날도 만우절이었다.

만우절에 나는 거짓말처럼 아들을 낳았다. 입덧하는 거나 불러온 배 모양이 딸 낳을 때와 똑같아서 딸일 거라고 짐작했는데 아들이었다. 시어머니도 아들이라는 말이 믿기지 않았는지 안산에서 한걸음에 달려와서는 아기 기저귀를 열고 확인부터 하셨다. 만우절이라, 딸을 낳고 아들이라 거짓말하는 줄 아셨단다.

2018년 4월 1일에 나는 기독교인이 되어 세례를 받았다. 그렇게 만우절은 또 한 번 나에게 특별한 생일이 되었다.

흔히 4월은 잔인한 달이라고들 한다. 하지만 잔인한 4월의 시련은 탄생을 위한 것이니 아름다운 것임이 분명하다. 나는 4월에 어두운 산도를 헤치고 나왔고 아버지의 부끄러움을 무릅쓰고 세상에 기록되었다. 또 고통스러운 진통을 5일이나 겪고 나서 사랑하는 아들을 만났다. 신앙인이 되어 새롭게 태어나는 기쁨도 얻었다. 그래서 나는 만물이 다시 살아나는 봄을 좋아하고, 거짓말처럼 행복한 4월, 그 첫날을 가슴 설레며 기다린다.

# 어머니의 손맛

칠월 초하루는 남편의 음력 생일이다. 뜨거운 한여름인 건 해마다 똑같지만 올해는 유난히 더위가 극성이다. 지구 온난화가 빠르게 진행되고 있다는 걸 증명이라도 하는 것 같다.

이번 남편 생일은 집에서 먹기로 했다. 코로나도 극성이고 또 더워서 집 밖으로 나가는 건 도저히 엄두가 나질 않아서다. 두 돌이 안 된 손주 때문에도 집이 더 편할 것 같았다. 생일을 특별하게 차리는 건 아니지만, 여러 명이 먹을 음식을 준비하려니 3일이나 걸렸다. 별거 아닌 것 같은데도 직장에 나가면서 시간 날 때마다 준비하다 보니 더 오래 걸렸다.

3일 중 하루는 열무에 풋고추를 갈아 넣은 시원한 물김치와 갈비, 그리고 두부를 만들었다. 어머니도 집안에 행사가 있으면 늘 두부를 만드셨다. 그 추억이 생각나서 나는 겁도 없이 도전장을 내밀었다.

어머니는 두부를 만들 때면 콩을 한 말(7kg)씩을 불렸다. 춥고 배고프던 시절이고 또 땔감이 흔하지 않아서, 한 번에 많이 만들어 놓고 오래 먹었다. 농사철에는 두부 만들 엄두조차 못 내지만, 늦가을부터 이른 봄까지는 어머니 손맛이 가득한 두부를 맛볼 기회가 많았다.

어머니는 불린 콩을 큰 맷돌구멍에 조금씩 넣어가며 갈았다. 맷돌질을 여러 번 반복하면 콩이 잘게 잘 갈린다. 곱게 갈아야 비지를 최대한 줄일 수 있으니, 맷돌질은 여러 번 반복할 수밖에 없다. 그렇게 한 말이나 되는 콩을 갈려면 시간이 오래 걸렸다.

어머니가 맷돌질했던 것처럼, 나는 불린 콩 2kg을 믹서기에 갈기 시작했다. 기계를 이용하면 두부 만들기가 굉장히 쉬울 거로 생각했는데 그렇지 않았다. 시골 마당과 달리 아파트는 좁아서 생각했던 것보다 훨씬 불편했다.

어머니는 잘 갈린 콩을 가마솥에 끓였지만, 나는 양은솥에 넣고 끓였다. 아이들에게 외할머니의 손맛을 보여주려다가 더위에 지쳐 쓰러질 뻔했다.

잘 갈린 콩물을 양은솥에 넣고 보글보글 끓였다. 끓이지 않고 콩물을 짜면 비지에서 비린내가 나기 때문에 끓여주는 게 좋다. 하얀 거품을 솔솔 뿜어내며 콩물이 끓으면 거품을 걷어낸다. 그리고 베로 만든 자루에 담아서 콩물을 빼고, 그 콩물을 다시 끓여서 두부를 만들면 된다.

콩물이 끓기 시작하면 소금에서 축출한 간수(습기가 찬 소금에서 저절로 녹아 흐르는 짜고 쓴 물)를 국자에 넣어 양은솥의 가장자리부터 조금씩 부어주면 응고되면서 덩어리가 생기기 시작한다. 이때 덩어리가 된 두부를 국물과 함께 떠먹으면 그것이 바로 순두부다. 바로 만든 순두부는 참깨만 뿌려서 먹어도 아주 고소하고 맛있다.

내가 어릴 때 우리 집은 식구들이 많아서 순두부 먹는 것도 사치였다. 두부로 만들어 놓아야 여러 날 동안 반찬 걱정을 덜 수 있어서다. 어머니가 만든 순두부를 먹을 수 있는 행운의 주인공은 아버지뿐이었다. 아버지는 어머니가 만들어 주는 순두부를 제일 좋아하셨다.

이번에 내가 만든 두부는 양이 너무 적어서 순두부를 맛볼 생각은 하지 못했다. 곧바로 사각 체 위에 베 보자기를 깔고 보글보글 끓는 순두부를 퍼 담았다. 순두부에서 뿜어 나오는 냄새만으로도 백 점 만점이었다. 한 시간 정도 지나고 베 보자기를 열어보니 뽀얗고 맛깔스러운 두부가 완성되었다.

두부를 만들 때 제일 중요한 건 간수 양이다. 간수를 너무 많이 넣으면 쓴맛이 강해서 먹을 수가 없다. 간수 양을 잘 조절하는 것이 고소하고 맛있는 두부를 만드는 최고의 비법이다.

불린 콩을 가는데 맷돌이 아닌 기계의 힘을 빌렸지만, 그래도 어린 시절 어머니가 만들어 주시던 그 두부처럼 고소한 냄새가 집안을 꽉 채웠다.

　더위에 지쳐서 흘러내리는 땀인지, 어머니가 그리워서 흐르는 눈물인지, 알 수 없는 뜨거운 것이 가슴을 타고 주르륵 흘러내린다. 두부를 만들어 놓고 하얀 행주치마에 흐르는 땀을 씻어 가며 '두부 맛 좀 보거라' 하시던 카랑카랑한 어머니의 목소리도 메아리 되어 들려온다. 주위를 둘러보니 아무도 없다. 힘들게 두부를 만들었지만, 맛 좀 봐 달라고 자랑할 사람이 없다. 집이 텅 비어있으니 너무 쓸쓸하고 허전하다.
　어머니도 아버지가 돌아가신 4년을 이렇게 쓸쓸하게 사셨겠지. 생각할수록 어머니가 안쓰럽다. 어머니는 이제 아버지 곁에서 행복하게 계실 것이다.

# 부겐빌레아

화초를 키우는 내 취미는 아버지를 닮았다.

아버지는 관상목과 화초를 많이 기르셨다. 금잔디와 골담초, 탱자나무와 향나무, 감나무와 사과나무, 호두나무와 은행나무, 앵두나무와 보리수, 석류나무와 대추나무 등, 여러 종류의 유실수들이 울타리를 만들었다. 그 밖에도 집 주변에는 처음 보는 나무들도 참 많았다.

금잔디랑 골담초는 그 후 식물원에서 한 번 보았다. 골담초라는 이름도 모르면서 노랗게 피는 꽃만 따먹었다. 살짝 단맛이 나는 게 아카시아꽃이랑 아주 비슷하게 생겼다.

분홍색과 흰색 꽃을 피우는 무궁화나무를 도굴꾼에게 도둑맞은 적도 있다. 작품으로 잘 다듬어 놓은 무궁화나무가 도굴꾼들이 보기에도 예뻤던 모양이다. 서너 명의 도굴꾼이 보름달이 중천에 떠 있던 날 밤에 훔쳐 갔다.

다음날 도굴꾼을 잡고 보니 면사무소에 심을 무궁화나무가 필요해서 훔쳤다고 했다. 아버지는 사정 이야기를 듣고 그 무궁화나무를 면사무소에 기증했다.

향나무는 눈사람처럼 둥글둥글한 모양으로 4층짜리 탑을 만들어 서산시청에다 팔았다. 나무나 화초를 기르는 아버지의 솜씨는 수준급이었다.


나도 아버지를 닮아서 화초 기르는 걸 좋아한다. 여러 종류의 화초를 키우고 있다. 그중에서 가장 아끼고 좋아하는 건 부겐빌레아다. 부겐빌레아는 남아메리카가 원산지다. 베트남 장미라고 부르기도 하는데, 네팔에 여행 갔을 때도 많이 보았다.

부겐빌레아의 가시는 가늘면서 길고 또 억세다. 장미 가시보다 3~4배는 더 긴 것 같다. 가지치기하다가 가시에 손가락이 찔려서 오랫동안 고생한 적도 있다.

부겐빌레아는 성장 속도도 아주 빠르다. 새잎이 나오기 시작하면 며칠 사이에 큰 가지로 변한다. 잘 자란 가지는 또 얼마 지나지 않아서 아치를 이룰 정도로 쑥쑥 잘 자란다. 부겐빌레아잎은 밋밋하면서 반질반질하게 광택이 난다.

부겐빌레아가 꽃을 피울 때는 마치 단풍나무에다 물감을 발라 놓은 것처럼 서서히 물이 들다가 어느 순간에 진한 핑크색이 된다. 이 핑크색은 점점 시간이 지나면서 더 짙게 붉은 색깔로 변한다. 마지막에 하얀색 꽃술이 나오기 시작하는데, 꽃술 위에 안개꽃처럼 아주 작은 흰색 꽃이 핀다. 마치 색종이를 접어서 만든 종이꽃 같다. 나는 부겐빌레아꽃을 종이꽃이라고 부른다. 진달래꽃 여러 송이가 뭉쳐있는 것처럼도 보인다.

꽃이 피어있는 기간은 30일에서 40일 정도나 된다. 내가 키우는 화초 중에서 유일하게 오랫동안 볼 수 있는 꽃이다.

가을이 시작되면 나뭇잎이 조금씩 마르기 시작하고, 한겨울에는 나뭇잎이 사이좋게 한 장씩 떨어진다. 다 떨어지고 마지막 잎이 한두 장 정도 남았을 때는 다시 이듬해 봄이 시작된다. 부겐빌레아의 밑동에서부터 또 다른 새싹이 나오기 시작한다. 마치 아치형의 긴 끈으로 이어져서, 돌고 도는 것처럼 보인다.

15년 전, 이 집으로 이사 올 때 부겐빌레아를 선물 받았다. 아이들이 성장하는 것처럼 무럭무럭 잘 자라더니 이제는 신장이 2미터도 넘는다. 베란다에서 두 겹으로 아치형을 이루고 있는데 추운 겨울에도 아주 잘 버틴다. 밑거름을 많이 주지 않아도 잘 자라는 걸 보면 생명력이 엄청 강한 것 같다.

처음에는 꽃이 피지 않았다. 꽃이 핀 건 15년 동안 딱 세 번뿐이다. 횟수는 세 번 뿐이지만 꽃이 필 때마다 행운을 가지고 왔다. 첫 번째로 꽃을 피운 2008년에는 둘째 딸이 수시로 대학 시험에 합격하는 행운을 줬다. 실력보다도 더 좋은 학교에 입학했다. 두 번째 꽃이 피었을 때는 2017년도였다. 그때는 둘째 딸이 잘 다니고 있던 직장에서 갑자기 실직하게 되었다. 건물주가 건물을 팔아버렸기 때문이다. 그 일로 상심해 있을 때, 아이디어공모전에 출전해서 상금을 받았다. 그 상금은 아이가 창업할 때 시드머니로 썼다. 정말 큰 행운이 아닐 수 없었다.

올해는 부겐빌레아가 더 크게 아름드리 꽃을 피웠고, 죽어도 결혼은 안 하겠다던 큰딸이 반려자를 만나서 가정을 꾸렸다. 이 것이 세 번째 꽃이 가지고 온 행운이다. 이렇게 좋은 일들을 하나씩 가져오는 부겐빌레아꽃은 피울 때마다 크기가 점점 더 커지는 것 같다. 해서 점점 더 큰 기대를 하게 만든다.

우리 집 베란다를 수호신처럼 지키고 있는 부겐빌레아를 볼 때마다 가슴이 설렌다. 앞으로는 또 어떤 행운을 가져다줄는지 은근히 기대된다. 꽃은 피는 것만으로도 아름답고, 보는 것만으로도 기분이 좋아진다. 더욱이 행운까지 데리고 오니 금상첨화다.

날씨가 더 추워지기 전에 분갈이를 해야겠다. 큰 화분에 영양분을 가득 채워줘야겠다. 집이 넓고 크면 꽃을 더 많이 피우지 않을까 하는 생각이다. 부겐빌레아가 아름드리 꽃을 피울 것을 상상만 해도 가슴이 벅차오른다.

# 첫 만남

40년 전에 옻나무를 감고 올라간 덩굴에서 머루를 따 먹고 옻이 올라서 3개월 동안이나 사경을 헤맨 경험이 있다. 손과 얼굴은 물론 식도에서부터 위장까지 통통 부어서 겨우겨우 물만 한 모금씩 먹었다. 새치가 아주 심한데도 염색할 수가 없는 것이 그 때문이다. 염색약에는 옻 성분이 들어 있다. 가끔은 염색으로 머리색을 바꾸고 싶다. 하지만 옻이 올라 고생했던 기억 때문에 엄두도 내지 못했다. 그때 입도 다물어지지 않았고, 말하지도 먹지도 못하면서 고생했다.

어머니를 닮아서 중학교 때부터 새치가 많았다. 중학교 때는 단발머리여서 괜찮았는데 고등학생이 되어 머리를 땋고 다니니 새치가 하얗게 표시 났다. 새치를 감추려고 새벽 5시부터 일어나서 머리를 땋았다. 새치가 최대한 보이지 않도록 곁에 있는 머리카락으로 새치를 감싸는 작업을 하고 나서야 학교에 갈 수가 있었다. 그렇게 하는 바람에 친한 친구들도 감쪽같이 속았다.

고등학교 2학년 여름, 5교시 체육 시간에 갑자기 소나기가 퍼부었다. 족제비처럼 물에 불은 머리카락을 털면서 그만 새치가 들통나고 말았다. 창피해서 남자친구를 못 만났다.

이후에는 새치 감싸는 작업이 번거롭고 귀찮아서 데이트하는 걸 빠르게 포기했다. 23살 12월에 첫 맞선으로 만난 사람과 결혼해 지금까지 살고 있다.

남편은, 새치가 좀 보이면 어떠냐면서, 결혼을 다시 할 것도 아닌데 이제부터는 새치가 보여도 신경 쓰지 말라고 했다. 거울 앞에 오래 앉아있는 내가 안쓰러워 보였나 보다. 나는 그 말이 나오기를 기다렸던 것처럼 그날 이후로 새치를 감싸는 작업을 하지 않았다.

그런데 아이들을 낳으면서 기적처럼 이변이 일어났다. 첫 아이를 낳고 털갈이하는데 새치가 빠지고 검은색 머리카락이 나왔다. 첫째보다 둘째 때, 둘째보다 셋째 때 검은 머리카락이 더 많이 나왔다. 주위에서는 회춘했다고 놀렸다. 놀림을 당해도 너무너무 뿌듯하고 기분이 좋았다. 꿈만 같았다. 검은색 머리카락을 자랑하고 싶어서 나이에 맞지 않게 50대에도 생머리를 하고 다녔다. 그랬는데 지난해에 사고를 당하고 수술하면서 다시 흰 머리카락이 많아졌다.

새치가 보일 때마다 딸들한테 뽑아 달라고 부탁하는데, 거절당하면 가끔은 협박도 한다. 그게 먹혀들지 않을 때는 어울리지 않게 애교를 부린다.

이제 뽑을 수 있는 수준은 아닌 것 같아서 어쩔 수 없이 염색하기로 마음을 바꿨다.

2013년 10월 22일. 두려움을 무릅쓰고 씩씩하게 염색약을 사들고 왔다. 딸은 팔에 염색약 바르고 30분 정도 기다렸다가 부작용이 생기면 염색하지 말라고 했다. 나는 이미 100% 부작용이 생긴다는 걸 알고 있었다. 테스트는 건너뛰고 무조건 염색약을 발라달라고 부탁했다. 딸아이가 앞에서부터 조심스럽게 염색약을 바르기 시작했다. 뒤통수를 바르기도 전에 엉덩이부터 슬슬 가려웠다. 엉덩이와 다리를 긁으면서도 꾹 참았다. 염색약을 다 바르고도 10분 정도까지는 잘 참았는데 점점 더 심해져서 포기하고 그냥 머리를 감아버렸다. 짧은 시간이었는데 보기에는 염색이 아주 잘된 것처럼 보였다. 겉보기에는 염색 성공률이 100%다. 하지만 속머리는 하얀색 그대로였다. 겉모습이라도 괜찮아 보여서 참 다행이라고 생각했다.

솥뚜껑 보고 놀란 가슴 자라 보고 놀란다더니, 염색약 하면 옻 때문에 앓았던 일이 기억나면서 온몸이 간지럽다.

조금 가렵긴 했어도 오늘 염색약과의 첫 만남은 대성공이다. 앞으로 흰머리는 걱정하지 않아도 될 거 같다. 바쁜 딸을 괴롭

히지 않아도 된다. 흰머리를 안 뽑아준다고 속상할 필요도 없게 되었다. 염색 시간을 조금씩만 늘리면 오늘보다는 더 염색이 잘 되겠지 싶어서 마음이 한결 가볍다. 오늘의 성과에 가슴이 뿌듯하다. 이제는 마음 편히 살 수 있을 것 같다.

# 사고뭉치 몽이

몽이는 2012년 8월 12일에 태어났다. 얼굴은 작고 몸집이 뚱뚱하다. 나랑 많이 닮았다. 허벅지가 통통한 것도 나랑 비슷하다. 처음 보는 사람들은 몽이의 얼굴만 보고 아이고 귀여워라 하다가 깜짝 놀란다. 하체로 내려갈수록 통통해서다.

몽이는 눈이 아주 크고 털이 고운 실키테리어다. 너무 예뻐서 누구나 몽이를 안아보고 싶어 한다. 거기다 순하기까지 하다.

가끔 몽이는 자기가 사람인 줄로 착각하는 것 같다. 왜냐면 사과랑 고구마를 너무 좋아해서다. 태어난 지 2달 정도 되었을 때부터 사과를 먹기 시작했다. 그랬더니 양치질을 따로 하지 않았는데도 지금까지 치석이 생기지 않았다. 이가 깨끗하다. 사과만 먹인 것이 아니라 고구마도 많이 먹였다. 몽이는 사과랑 고구마를 먹고 나서 사람처럼 물을 먹는다. 그래서 몽이의 물통에는 늘 생수가 가득하다.

성질이 급한 몽이는 물통에 물이 없으면 까칠한 목소리로 멍멍하고 짖어댄다. 밥이 없을 때는 순한 양처럼 작은 소리로 멍멍하고 짓는다. 물이 없을 때랑 밥을 먹고 싶을 때 멍멍하며 짓는 소리의 악센트가 달라서 우리들이 바로 알아듣는다. 아마도 우리와 소통하기 위해서 고안해 낸 방법인지도 모르겠다.

몽이는 집에서는 호랑이처럼 큰소리로 짖는다. 그런데 집 밖으로 나가기만 하면 자기보다 덩치가 작은 강아지를 만나도 꼬리를 바짝 내린다. 그러고는 빨리 안아달라고 낑낑거리며 매달린다. 몽이가 어렸을 때는 지방에 갈 일이 생기면 동행할 수 없어서 동물병원에 맡겼다. 아마도 그때 놀라서 트라우마가 생긴 건 아닌가 싶다. 자기보다 덩치가 작은 강아지 앞에서도 벌벌 떠는 걸 보면 안쓰럽다.

몽이는 무서움을 많이 타는 대신 아주 영리하다. 혼자 집에 있을 때는 대변을 꾹 참고 있다가 누구든지 한 사람만 집에 도착하면 그때야 맘 놓고 대변을 본다. 그러고 나서 치워달라고 낑낑거린다. 휴지를 들고 '몽아! 똥꼬 검사하자' 하면 고개를 푹 숙이고 목이 땅에 닿을 것처럼 축 늘어뜨린 채 앞에 와서 선다. 휴지로 닦아주면 일단 냄새를 한번 맡아보고 맘에 들면 살살 꼬리를 흔들면서 펄쩍펄쩍 뛰어간다. 마치 네댓 살 된 아이 같다.

혼자 집에 두어도 크게 말썽 부리지 않던 몽이가 이번에 대형 사고를 쳤다.

몽이는 사과와 고구마를 좋아해서 겨울이면 몸무게가 2kg씩 늘어난다. 고구마는 식이섬유라서 사람뿐 아니라 강아지에게도 좋은 식품이다. 우리 집은 겨울만 되면 고구마를 자주 말린다. 고구마는 삶아서 바로 먹는 것보다 반 건조된 것이 더 달고 맛있다. 말린 고구마는 우리들의 간식이면서 몽이의 간식이다.

며칠 전에, 삶은 고구마를 말리느라 건조기를 방바닥에 내려놓고 시간에 쫓겨서 그대로 출근했다. 몽이에게 '돈 많이 벌어 올게. 집에 잘 있어' 했더니 알아듣는 것처럼 고개를 푹 숙이며 인사했다. 저녁 9시가 넘어서 퇴근했는데, 집에 돌아와 보니 몽이가 보이질 않았다. 평소 같으면 문소리 나기 무섭게 달려와서 반갑다고 꼬리 치며 매달려서 신발도 못 벗게 만들더니, 그날은 아무리 불러도 보이지 않았다.

방에 들어가 보니 몽이는 고개를 숙인 채 방구석에 있었다. 잘못을 저질러서 그런 것도 있겠지만, 배가 땅바닥에 닿아서 움직이지 못하는 것이었다. 수놈인데 출산할 임산부처럼 배가 부른 그 모습이 어찌나 웃기고 또 안쓰러운지 야단칠 수도 없었다.

방에 있던 4단짜리 건조기에 가득했던 고구마는 달랑 3개만 남아 있었다. 몽이가 한 달 동안 먹을 양의 간식이었는데, 그 많은 걸 한 번에 다 먹은 몽이는 그때부터 변을 보기 시작했다. 3일 동안 한 시간에 한 번씩 똥을 쌌다. 몽이도 엄청 많이 놀랐을 것이다. 고구마가 아무리 맛있어도 과식하면 큰일 난다는 걸 깨닫지 않았을까.

　앞으로는 자나 깨나 우리 몽이를 위해서 건조기를 조심해야겠다. 몽이가 건강하게 오랫동안 우리 곁에 머물 수 있도록.

# 할미가 되고서야

벌써 할머니가 되었다. 첫딸을 낳은 지 꼭 35년 만이다.

딸이 첫아이를 낳았다. 미역국을 끓여주려고 바리바리 싸 들고 딸네로 갔다. 딸은 강아지를 기른다. 아무리 청소를 열심히 해도 거실에는 언제나 강아지 털이 수북하다.

나는 성격이 까다로워서 거실이나 화장실 세면대에 머리카락 하나만 있어도 그걸 치울 때까지 서성이는 버릇이 있다. 그 버릇 때문에 딸네 집에 들어가자마자 서둘러 청소기부터 돌렸다. 딸은 미안한지 병원에 가느라고 못 치웠다면서 안절부절못했다.

예전에 나도 똑같았다. 큰딸 낳고 누워있을 때, 친정어머니가 허리를 구부리고 청소기를 돌리면 그렇게 마음이 불편했다. 아마 내 딸도 그때의 내 심정일 게다. 할미가 되고 나서 친정어머니를 이해하게 되었다.

딸은 8월 3일 오전 10시 20분에 제왕절개로 첫아이를 낳고, 뇌척수가 새는 바람에 두 번이나 시술받았다. 의사는, 제왕절개 후에 뇌척수가 새는 경우는 1퍼센트도 안 되니 걱정하지 말라고 했다. 그런데 하필이면 내 딸이 그 1퍼센트에 속했다.

처음에는 시술받은 곳이 재발해서 놀라게 만들더니, 태어난 손주는 양수를 많이 먹어서 청색증과 호흡곤란 증상을 보였다. 중환자실에 2주일이나 입원해 있다. 손주는 병원에서 아직 치료 중이지만 산모는 퇴원했고, 나는 딸 몸조리를 해주려고 딸네로 간 것이다.

전기에 감전된 경험이 있어서 나는 전자제품만 보면 먼저 무서운 생각이 든다.

내가 아이를 낳았던 30년 전보다 지금은 사용할 기계가 훨씬 더 많다. 딸은 식기 세척기도 쓰고, 아기 젖병까지도 소독기를 사용하고 있다. 세탁기도 아기 전용이 따로 있다. 소독기를 사용할 줄 모르는 나는 애가 탔다. 젊은 사람들은 기계를 사용하면 살림이 훨씬 편하다지만 그걸 잘 다루지 못하는 나 같은 사람은 더 힘이 든다.

기계 앞에서 한없이 작아지는 지금의 내 모습은 아마도 내가 딸을 낳았을 때 안절부절못하던 친정어머니의 모습일 것이다. 그 때는 내가 어려서 어머니가 어떤 마음이었는지 짐작도 못 했다. 그저 힘들고 아프다고 투정하고 응석만 부렸다. 까칠한 성격이라 곰살궂지도 않았다. 이제 내가 할미가 되고 보니 그때 어머니

가 얼마나 서운했을지 이해하게 된다. 그 순간이 떠올라서 눈물
이 난다. 세상의 엄마들은 정말 대단하고 위대하다.

　요즘은 딸이 결혼하면 대부분 친정 근처에 보금자리를 마련
해서, 백년손님인 사위 얼굴을 자주 본다. 자주 보게 되니까 정
이 들고, 정이 드는 만큼 스스럼이 없다. 예전에 내가 결혼하던
1980년대에는 사위가 장모님을 만나면 격식을 차리느라 서로
가 불편하고 또 어려워했다. 그래서 백년손님이라 불렀던 것 같
다. 더군다나 내 친정은 시골 두메산골이어서 엄마랑 남편이 만
날 기회가 훨씬 더 적었고, 엄마는 하나뿐인 사위의 성격이나 식
성을 전혀 알지 못했다. 사위 식성이 너무 까다로워서 힘들었다
고 하셨다. 산모 챙기랴, 사위 챙기랴 아마 정신이 없었을 게다.
오죽했으면 몸조리하는 2주일 동안 몸무게가 5kg이나 줄었을까.
그때는 엄마가 그렇게까지 마음고생하는 줄 몰랐다.

　할미가 되고 기계 앞에 서 있으니 당황스럽고 마음이 참 답답
하다. 웬만한 기계는 다 사용할 줄 아는데 인덕션이 속을 썩였
다. 휴대용 인덕션과 다르게, 주방에 설치된 인덕션은 이것저것
스위치를 눌러봐도 영 켜질 생각을 안 한다. 땀만 뻘뻘 흘리다가
할 수 없이 잠든 딸을 깨워 물어보았다. 딸은 뇌척수액이 흐르는
걸 막기 위한 시술을 했기 때문에 꼭 누워있어야만 했다.

내가 자꾸 불러대는 게 굉장히 귀찮을 텐데도 차분하게 설명한다. 옛날에 나처럼 성질을 내지 않는다. 또 사위는 내 남편보다 식성이 까다롭지 않아서 다행이다. 대충 만든 음식도 감동하면서 먹는다. 그게 더 고마웠다.

　내가 큰딸을 낳았을 때 시골에 살고 계셨던 어머니는 세탁기를 사용해 본 적이 없었다. 잠자는 내가 안쓰럽고 가엾다면서 세탁기 사용법을 묻지도 않았다. 그냥 손빨래하셨다. 12월 한겨울인데 손빨래를 한 것이다. 몸조리를 잘못하면 관절이 아파 고생한다면서 어머니는 몸을 아끼지 않고 도와주셨다. 친정엄마여서 가능했을 것이다. 딸내미를 위해서 당신 몸이 힘든 건 절대 내색하지 않더니 나중엔 손에 주부습진이 생기고 허리디스크도 재발하셨다. 거북이 등처럼 굽어버린 어머니의 허리를 볼 때마다 가슴이 아팠다. 그래도 어머니가 곁에 계셔서 나는 참 행복한 사람이었다.

# 선우 덕분에

꼭 50년 만이다. 체구가 작은 대신 나는 유난히 자존심이 강했다. 초등학교 4학년 때 동무들이 내 자존심을 건드려 보려고 개울 건너는 내기를 걸었다. 어느 누가 봐도 나는 그 개울을 도저히 건널 수 없는 상황이었다. 빤히 보이는 결과인데 나는 그걸 포기하지 못했다. 알량한 자존심 때문이다. 덩치가 큰 동무들이 앞에서 폴짝폴짝 뛰어넘었다. 당연히 나도 그들처럼 할 수 있다고 최면을 걸고, 눈을 찔끔 감고는 냅다 뛰어버렸다.

시간이 얼마나 지났을까. 옆에서 웅성거리는 소리에 눈을 떴다. '괜찮아?' 모여든 사람들이 한 마디씩 한다. 바닥에 누워있던 내 몸은 물에 퉁퉁 불은 채 추위에 오들오들 떨고 있었다.

그 개울의 끝은 민물과 바닷물이 만나는 두물머리였다. 내가 그 개울에 빠져서 바다로 흘러갈 때 방앗간 아저씨가 간신히 건져냈다. 나는 그날 이후로 접시 물만 봐도 무서워서 벌벌 떨 정도로 트라우마가 생겼다.

교통사고를 당하고 걷지 못할 때 의사는 수영을 권했다. 하지만 자라 보고 놀란 가슴 솥뚜껑 보고 놀란다고, 나는 장맛비만 쏟아져도 잠을 못 잔다. 그 말을 들은 의사는 수영 대신 걷기 운동이라도 하라고 했다. 누우면 죽고 걸으면 살아요. 그래서 죽지 않으려고 열심히 걸었다.

엊그제 큰딸이 제주도에 가자고 했다. 여름휴가를 미리 다녀오면 좋을 것 같다고. 세 살배기 손자랑 동행하는 거라서 무조건 승낙했다. 손자는 무서운 게 뭔지 아직은 잘 몰라서 천방지축이다. 무조건 앞만 보고 직진하면 그만이다. 함덕해수욕장에서는 무작정 바다로 뛰어 들어갔다. 아이가 물속에서 엎어지기라도 하면 큰일 날 것 같아서 끝까지 따라갔다. 아이는 가슴까지 차오르는 물속에서 첨벙거리며 해초가 떠다니는 걸 잡고 흔들면서 놀고 있다. 날씨가 흐려서 물이 조금 차가운데도 아이는 너무나 좋아한다. 큰딸이 위험하다고 소리를 지르는데도 손자는 아랑곳없이 재미있게 논다. 물속이 신기한가 보다. 물속을 가만히 들여다봤더니 흰모래를 닮은 털게랑 오로라 빛을 띠는 물고기가 수영한다. 털게랑 물고기도 우리들처럼 여름휴가를 나왔나 보다. 아이를 따라서 들어간 물속에서 나도 한참을 놀았다. 트라우마가 있다는 것도 잊고 물속에서 즐거웠다.

50년 전 그 사고 때문에 물이 있는 곳에는 가지 않았다. 그런데 버젓이 바닷물에 들어간 것이다. 선우 덕분에 50년 동안 고 이고이 간직했던 트라우마를 극복했다. 내년 여름휴가도 선우 랑 동행해야겠다. 그때는 물속에 사는 게나 조개도 잡아봐야겠 다. 선우에게 생물 공부를 시켜줄 만큼 물속에 오래 있었으면 좋 겠다. 트라우마를 극복할 수 있게 도와준 우리 선우가 너무너무 고맙다.

# 상추

상추는 '복을 싸 먹는다.' 하여 비타민과 무기질 등의 영양을 보충하기 위해서 육류와 함께 먹는 쌈 채소로 활용한다. 상추랑 돼지고기를 싸 먹으면 콜레스테롤의 축적을 억제하면서 동맥경화를 예방한다.

상추는 기원전 2500년경 고대 이집트의 벽화에도 기록되어 있을 정도로 오랜 기원을 가지고 있는 채소다. 다른 채소에 비해서 철분과 필수아미노산이 풍부해서 혈액을 맑게 해 주고 저혈압을 예방한다고 알려져 있다. 줄기에 있는 우윳빛의 락투카리움이란 액즙 성분은 스트레스나 불면증을 완화해 준다. 쌈이나 샐러드, 겉절이로도 다양하게 즐겨 먹을 수 있고 또 소화도 잘된다. 비타민C와 베타카로틴이라는 섬유질도 보충해 준다.

나는 어렸을 때부터 상추를 좋아했다. 소와 염소가 매일 여물을 먹는 것처럼 나도 매일 상추를 먹고 있다. 소화기관이 약해서 잘 체한다. 체할 때마다 매번 소화제에 의지하려니 너무 번거로워서 상추를 자주 먹는다. 소화도 시켜주고 불면증에도 도움을 주니 두 마리 토끼를 다 잡을 수 있는 아주 좋은 방법이다.

매일 상추를 먹는 또 다른 이유가 있다. 갑자기 살이 찌면서 고관절과 허리통증이 시작되었다. 통증 때문에 3주 동안이나 걷지를 못했다. 고관절이 아픈 건 그런대로 참을 수 있지만 허리통증은 도저히 참을 수가 없었다. 그 통증을 예방하려고 운동을 시작했다. 그걸 보신 헬스장 원장님이 특단의 조치를 내렸다. 최대한 육류는 줄이고 채식으로 식단을 바꾸라고 한다. 살이 찌면서 생긴 통증이라서 살을 빼면 낫는다고 한다.

둘째 딸아이가 운영하는 이태리음식점에서 같이 일을 한다. 매일 만나니 결혼해도 크게 허전하지 않을 줄 알았다. 떨어져 있는 시간보다는 붙어있는 시간이 더 많은데도 퇴근해서 텅 빈 아이의 방을 보면 굉장히 휑하게 느껴졌다. 빈방 증후군이 내게 서서히 다가왔다. 그 헛헛함을 초콜릿이랑 비스킷으로 채워나가기 시작했다. 초콜릿이 들어있는 과자를 먹으면 당이 충전되면서 포만감이 바로바로 생겼다. 그 포만감은 소리 없이 나를 살찌게 했다.

딸아이가 결혼하고 3개월이 지나고서 건강검진을 받았다. 혈압은 정상인데 몸무게가 가관이었다. 처음에는 저울이 고장 난 줄 알았다. 3개월 만에 몸무게가 4kg이나 늘어난 것이다.

첫아이를 임신했을 때보다도 체중이 훨씬 더 늘었다. 어쩐지 움직일 때마다 숨이 찼다. 숨이 찬 이유가 살 때문이었다. 살이 찌면 숨이 찬다는 것도 모르고 밤마다 야금야금 초콜릿에 마음을 빼앗겼었다. 엎친 데 덮친 격으로 갑자기 목 디스크까지 생겼다. 건강을 위해서 어쩔 수 없이 내가 제일 싫어하는 운동을 시작할 수밖에 없었다.

병원에서는 수술밖에 방법이 없다고 하지만 헬스장에서는 오로지 운동이라고 한다. 운동을 시작한 지 두 달쯤 지났을 때 꼼짝도 하지 않던 목이 자유자재로 움직였다. 너무나 놀랍고 신기해서 일주일에 두 번은 무슨 일이 있어도 꼭 운동을 한다. 식단도 계속 채식 중이다. 상추를 쌈, 겉절이, 샐러드로 번갈아 만들어 먹으니까, 끼니때마다 먹어도 질리지 않는다.

상추는 불면증에도 효과가 있다. 그 상추를 아침부터 먹고 있으려니 하루가 얼마나 고된지 모르겠다. 앉기만 하면 잠이 와서 꾸벅꾸벅 존다. 졸다가 놀라서 눈을 부릅뜨면 옆에서 딸이 박장대소를 한다. 졸리면 의자에 앉아서 잠시라도 눈을 붙이라고 한다. 그 말에 놀라서 잠이 확 달아나 버린다. 평소에도 상추를 즐겨 먹었지만, 다이어트약으로 먹으려니까 조금은 부담스럽다.

허리와 고관절의 통증을 없애려면 두 달 동안에 4킬로그램을 무조건 빼야만 한다. 4킬로그램을 빼는 그날까지 파이팅.